www.tredition.de

AF178920

Günter Beckmann

# Prinzessin Endora

und weitere Adels- und Historische
Kurzromane

www.tredition.de

© 2019 Günter Beckmann


Verlag & Druck: tredition GmbH, Halenreie 40-44, 22359 Hamburg


ISBN
Paperback:     978-3-7482-6513-9
Hardcover:     978-3-7482-6514-6
e-Book:          978-3-7482-6515-3

# Prinzessin Endora - Brautgeld für ein Königreich

Der kurfürstliche Hofstaat wurde von den Bürgern der Residenzstadt, Rodebur, gebührend empfangen.

Männer, Frauen und Kinder stritten um die besten Plätze. „Hoch lebe Kurfürst Archibald und die holde Prinzessin Endora!" riefen sie und streckten ihre Hände den Ankömmlingen entgegen, in der Hoffnung, die Münzen aufzufangen, die ihnen die liebreizende Prinzessin zu Hohenburg, zuwarf.

Das Gefolge, das aus zwanzig Berittenen bestand, führte zwei Kutschen mit sich, in denen die Kurfürstin und die Hofdamen saßen.

Vier Edelmänner, in Gold glänzenden Rüstungen gewandet und mit Schwert und Schutzschild gerüstet, flankierten den Kurfürsten und seine Tochter.

Prinzessin Endora, auf dem Rücken eines feurigen Rappen sitzend, verkörperte jugendliche Kraft und geadelte Würde. Sie trug ein mit Gold und Diamanten bestücktes Gewand, das seitlich auf ihre ledergeschnürte Beinkleidung herabfiel. Ein goldener Helm zierte ihr weizenblondes

Haupt und zwei dunkelblaue Augen schauten lebhaft und freundlich auf die jubelnde Menge herab. Ein Schwert, in goldener Scheide und mit vergoldetem Knauf verziert, das sie an ihrem Gürtel befestigt hatte, verriet dem Betrachter, dass Endora mit der scharfen Waffe vertraut war. Nicht dass der Kurfürst sie gezwungen hätte, sich im Schwertkampf ausbilden lassen, nein, Endora forderte von Kindesbeinen an, mit einem Stock in der Hand, der wie ein Schwert geschnitzt war, die Knaben zum Zweikampf heraus. Die Söhne der Günstlinge, die am Hofe von Hohenburg lebten, waren ebenfalls mit einem Stock bewaffnet und es bereitete ihnen Spaß, sich mit Endora zu duellieren. Ihre Siege, mit dem Degen in der Hand, die sie in späteren Jahren errungen hatte, waren weit über die Grenzen des Fürstentums hinaus bekannt.

„Sie ist so schön, wie der aufgehende Sonnenschein und unermesslich reich", flüsterten sich die Leute zu.

„Und so manch ein Strauchdieb wurde von ihr besiegt und dingfest gemacht", wussten die Leute sich zu erzählen.

"Dass diese Edeldame mit den kindlichen Zügen, blutrünstig sein soll, ist kaum zu glauben", schüttelten einige Bürger verwundert den Kopf.

Im Jahre 1659 ritt die Prinzessin durch die Hauptstadt von Grosswedel und das Volk jubelte: „Hoch lebe Prinzessin Endora!"

König Willibald beabsichtigte Prinzessin Endora mit seinem Sohn, Prinz Guntram zu vermählen. Von der Vermählung ahnten weder die Prinzessin noch der Prinz etwas. Diesen Brauthandel hatten der 50jährige König und der gleichaltrige Kurfürst insgeheim ausgehandelt. Der Kurfürst und sein Hofstaat wurden wie liebe Gäste empfangen.

„Seid Uns willkommen, lieber Archibald, Kurfürstin Hildegund, Prinzessin Endora, Edelmänner, Edeldamen", begrüßte der König seine Gäste.

„Majestät", verbeugte sich der Kurfürst.

„Folgt mir in meine Gemächer, Archibald", raunte der König dem Kurfürsten zu. „Warum so förmlich?" fragte er ihn. „Schließlich standen wir zwei Seite an Seite auf dem Schlachtfeld. Das verbrüdert."

„Prinzessin Endora..."

„Sie wird mit der Kurfürstin und den Hofdamen im Seitenflügel einquartiert, so lange bis die Vermählung abgeschlossen ist. Das Brautgeld ist ausgehandelt. Ich werde es in meine Schatzkammer deponieren", unterbrach der König den Kurfürsten.

„Zwei meiner Männer werden Euch meine Braut-
gabe überreichen."

„Habt Dank, mein lieber Archibald", erfreute sich
der König, Hände reibend der großzügigen Mitgift
des Kurfürsten, die seine chronisch leere
Schatzkammer bereicherte. Vier Kisten mit Dukaten und Edelsteinen gefüllt, wechselten den
Besitzer.

„Was veranlasst Euch, die Verehelichung zu ver-
zögern, mein König?" griff Archibald das Thema
Eheschließung wieder auf.

„Die künftige Gemahlin meines Sohnes sollte sich
einleben und Prinz Guntram zur Rechten sitzen,
so dass er gewillt ist das einschichtige Leben
aufzugeben. Erst wenn er Endora begehrt, wird
er der Vermählung zustimmen."

„Prinz Guntram gegenüber seid Ihr zu weichher-
zig, mein König. Wir müssen Befehle ausspre-
chen und den Zusammenschluss nur mit einem
Eheversruch besiegeln. Endora sollte sofort mit
Guntram das Bett teilen, Majestät", trat Kurfürst
Archibald unerschrocken auf. Sein Wunsch aus
seinem Fürstentum ein Königreich zu machen,
sollte durch die Rücksichtnahme des Königs von
Grosswedel nicht gefährdet werden. Prinzessin
Endora musste die zukünftige Königin werden,
hatte sich Kurfürst Archibald vorgenommen. Für
den Titel „Königliche Hoheit", den seine Tochter

Endora in Kürze tragen wird, war er bereit, sein Fürstentum, selbst mit den wohlhabenden Ländereien, zu opfern.

Der König von Grosswedel hätte sich das kleinere Fürstentum Hohenburg auch gewaltsam einverleiben können, jedoch eine friedliche Übernahme kostet kein Geld und kein Blutvergießen und die reichen Hohenburger Bürger werde ich mir mit Abgaben gefügig machen, dachte König Willibald und mit abgewandtem Gesicht lächelte er verstohlen vor sich hin, ehe er sich Archibald wieder zuwandte.

„Ich werde Guntram beobachten und ihn zu gegebener Zeit rufen lassen, um ihm meinen Vermählungsplan zu offenbaren", sagte er und in seinen braunen Augen blitzte es auf. „Der Anblick der schönen achtzehnjährigen Prinzessin, mit den blonden Haaren und den blauen Augen, lässt gewiss keinen Mann kalt. Selbst meinem Sohn, den hartgesottenen Recken, wird es keineswegs gelingen seine braunen Augen vor so viel Schönheit zu verschließen", war sich König Willibald sicher.

Selbst Tage später waren sich Prinz und Prinzessin noch nicht nähergekommen. Nur bei den gemeinsamen Mahlzeiten saßen sie nebeneinander.

Dem König war es nicht entgangen, dass die jungen Leute keine Gemeinsamkeiten pflegten. Er empfing Guntram in seinen Gemächern. „Nimm Platz", deutete er mit seiner Hand auf einen hölzernen Stuhl, während er selber in einem aus Bärenfell gepolsterten Sessel saß, dessen Seiten- und Rückenlehne aus purem Gold gefertigt waren. Von einer dreistufigen Empore schaute er auf seinen Sohn herab.

Hätte Guntram es gewagt, den König anzublicken, wäre ihm aufgefallen, dass ihn alte und müde Augen betrachteten.

Guntram hatte den Blick gesenkt um seinen Vater nicht anzuschauen. Auch war es ihm nicht erlaubt das Gespräch zu beginnen. Die Kinder durften nur sprechen, wenn sie von den Älteren dazu aufgefordert wurden. Diese Sitte hatte sich noch bis in das zwanzigste Jahrhundert hinein gehalten.

Willibalds braune Augen ruhten wohlgefällig auf seinen Sohn, der ihm bereits über den Kopf gewachsen war. „Wie viele Jahre zählt dein Alter?" fragte er.

„Zweiundzwanzig, Majestät", antwortete Guntram wortkarg.

„Dann wird es allerhöchste Zeit", sagte Willibald.

Prinz Guntram hob langsam und vorsichtig den Kopf mit den schulterlangen braunen Haaren. Um sich nicht zu verraten, wie gespannt er war, was nun folgen würde, schaute er unbeteiligt zur Seite.

„In den Stand der Ehe zu treten, mein Sohn", führte nach einer Pause der König das Gespräch fort. „Du bist dem Throne verpflichtet für männliche Nachkommenschaft zu sorgen. Hast du mich verstanden, Prinz Guntram?" wurde sein Ton etwas schärfer.

„Mir ist die rechte Jungfer noch nicht begegnet, Majestät", hielt Guntram dagegen.

„Ist dir die heiratsfähige Jungfer Endora nicht augenfällig?"

„Sehr augenfällig ist sie anzuschauen, Majestät, aber dass die Prinzessin die Ritter Reihenweise mit dem Schwert aus dem Sattel hebt, dünkt mir nicht gerade damenhaft. Unsere Hofdamen..."

„Papperlapapp", unterbrach ihn der König. „Unsere Hofdamen frönen nur der Langenweile und der Liebesabenteuer. Sie sind kein Maßstab für eine angehende Königin, wie Prinzessin Endora, die deine Gemahlin werden wird."

Guntram zuckte unmerklich zusammen. „Majestät, ich bin noch nicht gewillt in den Stand der Ehe zu treten. Zu viele Interessen beschäftigen mich. Auch trage ich mich mit dem Gedanken, neues Land zu erobern. Außerdem mangelte es mir an Zeit, Endora näher kennenzulernen. Lasst mir noch ein paar Jahre meine Freiheit, Majestät", kamen die Worte gedehnt von seinen bebenden Lippen.

„Weil du sie abseitig behandelst und mit ihr kaum ein paar Worte wechselst, war es dir nicht möglich, Endoras Vorzüge zu erkennen."

„Mit meinen Freunden hatte ich sehr oft ein Treffen..." versuchte sich Guntram zu verteidigen, während er sich beherrschen musste, aufzuspringen und den Raum zu verlassen.

Dem König die Stirn zu bieten, war nicht ratsam.

„Ich weiß. Bei euren Jagdausflügen und Gelagen ist es dir und deinen Freunden recht, wenn ihr es mit den plumpen Bauerntöchtern treibt." König Willibald hatte sich erhoben und auf Guntram herabgeschaut. „Das hat ein Ende!" wurde seine Stimme schneidend. „Von der Zeit an, befehle ich dir, mach der Prinzessin Komplimente. Unser Königreich dem Fürstentum Hohenburg anhängig zu machen, ist mein Bestreben. Mit der Zustimmung des Kurfürsten ist zu rechnen!"

„Ich habe Euch verstanden, Majestät, es geht Euch nur darum Eure Macht zu erweitern, ich möchte aber nicht für ein Fürstentum, diese Schwert schwingende Amazone an meinen Busen nähren. Erst wenn mich das Alter ermüdet, bin ich bereit für Zweisamkeiten. Mich mit Weib und Nachkommen zu befassen, ist mir noch nicht offenbart", widersprach Guntram trotzig, obwohl er damit rechnen musste, vom Herrscher bestraft zu werden.

Die dunklen Augen des Königs schossen Blitze auf Guntram. „Mein Herr Sohn scheint sich seiner Verantwortung nicht bewusst! Ich aber offenbare ihm, dass seine Vermählung bereits beschlossen ist und dass ich nicht bereit bin Kriege zu führen. Ich verrate dir, dass die ständigen Kriegshandlungen mich daran gehindert hatten, in jungen Jahren eine Familie zu gründen. Und um Neuland zu erobern, bin ich zu müde geworden. Nun ist dir bekannt, was dein König von dir verlangt: Ihm und seinem Volke zu dienen, ist Sohnespflicht!"

„Indem ich ihm auch sein Reich durch Eroberungen mehre. Ich bin noch jung und stark und unser Heer..."

„Ist zum größten Teil mit mir gealtert", unterbrach ihn Willibald. „Dir fällt ein Fürstentum in den Schoss, das mit Reichtümern gesegnet ist. Und weil Endora eine Augenweide ist, wird der Eheverspruch geschlossen! Das ist mein letztes Wort."

Die Befehlsgewalt des Gebieters war unumstößlich und ein Aufbegehren hatte zur Folge, dass Guntram mit Wochen langem Freiheitsentzug zu

14

rechnen hatte. Er biss die Zähne zusammen und schwieg minutenlang. „Wo ist die Prinzessin zu finden?" um seinem Vater seine Verbitterung und seinen grimmigen Zorn nicht zu zeigen, wagte er es nicht, den Kopf zu heben.

„Sie wird, wie bereits fast täglich, ausreiten", antwortete der König

Prinzessin Endora war tatsächlich ohne Begleitung ausgeritten. Sie fühlte sich sicher im Königreich Grosswedel. Zudem war sie sich der Stärke ihrer Fechtkunst bewusst,

Im Marstall erfuhr Prinz Guntram, dass die Prinzessin, Kassandra hatte satteln lassen und dass sie vor etwa einer halben Stunde ausgeritten war.

Er fluchte leise vor sich hin. Dass er nun gezwungen sei der Prinzessin zu folgen behagte ihm keineswegs. Dem Stallknecht befahl er, Wotan aufzuzäumen.

Auf das Treffen mit seinen Freunden musste er gezwungener maßen verzichten. Auf dem Weg, um nach Endora Ausschau zu halten, beschäftigte er sich mit Endora und stellte fest, dass sie nichts Männliches an sich hatte. Aus einem schmalen frauichen Gesicht schauten zwei blaue Augen lebhaft in die Welt. Schwere Brüste schienen ihr mit Gold verarbeitetes Brokatkleid zu sprengen und rote weiche Lippen luden zum Küssen ein, so hatte er sie in Erinnerung, als sie vor ein paar Tagen im Schlosshof vor ihm stand und verlegen ihre Hände knetete. Halte dich zurück, hatte er sich damals ermahnt. Sich in jungen Jahren an eine Frau zu binden war ihm zuwider. Eine Gemahlin passte nicht in seine Pläne. Eine junge Gespielin, die nicht abgeneigt war, ihm ihre Gunst zu gewähren, fand er im Dorf. Mit kleinen Geschenken wurde der Liebesdienst abgegolten und Guntram schaute sich nach der nächsten Maid um. Ins Geheim, ohne seinen Vater eingeweiht zu haben, hatte er zudem eine Streitmacht aus jungen Kriegern zusammengestellt, die bereit waren, an einem Feldzug teilzunehmen. Diesen Plan musste er, nach dem heutigen Gespräch mit seinem Vater, aufgeben.

Die Mauern der Stadt lagen hinter Endora, vor ihr dehnte sich ein Grüngürtel aus. Das Pferd ging im Schritt. Die achtzehnjährige Prinzessin war ebenfalls gedanklich mit Guntram beschäftigt. Sie fragte sich, warum er sich so wortkarg gab, warum seine braunen Augen sie kalt musterten, obwohl, wenn sie ihn zufällig beobachtete, er herzhaft lachen konnte und seine Augen vor Freude strahlten. So hartherzig wie er sich gibt, scheint er doch nicht zu sein, hatte sie sich gewundert. Was für ein schöner Mann er doch ist, musste sich Endora eingestehen. Mit den lebhaften braunen Augen, dem kräftigen dunkelbraunen schulterlangen Haaren und dem ausgeprägten Mund könnte er einer Frau schon gefährlich werden, begann Endora für Guntram zu schwärmen. Den ernsthaften Gesichtsausdruck und den kalten Blick, den er immer im Schloss zur Schau getragen hatte, konnte sie sich in ihren Gedanken nicht erklären. War Prinz Guntram ein launiger Mensch? fragte sie sich und zügelte ihr Pferd. Hufgetrappel war zu vernehmen. Im Gebüsch raschelte es, die Zweige flogen auseinander, drei Reiter stürmten heraus und sprangen von den Pferden.

„Die schöne Prinzessin aus dem benachbarten Fürstentum kommt uns gerade recht!" rief Raubritter Triebold. „Nehmen wir sie gefangen. Sie bringt uns einen Batzen Lösegeld in unsere leeren Schatztruhen! Den großklotzigen Kurfürsten werden wir ausnehmen wie eine Gans zum Weihnachtsfest", lachte er.

Endora hatte zum Schwert gegriffen, war vom Pferd gesprungen und hatte sich der Übermacht gestellt. Zufällig stand sie neben einer Beerenhecke, die sie als Rückendeckung benutzte. Als Ritter Triebold sie anging, standen sie sich gegenüber, so dass die beiden anderen Angreifer nicht zum Zuge kamen, sie zu bedrängen. Mit der Schlagkraft der Prinzessin hatte Triebold nicht gerechnet. Endora wehrte jeden Ausfall des

Gegners geschickt und mit hartem Widerstand ab. Sie drängte ihn zurück, schlug ein paar Finten und ließ ihn ins Leere laufen. Als er daraufhin ins Straucheln geriet, rammte sie ihm ihr Schwert in die Hüfte, so dass er aufschrie und zu Boden stürzte. Einer der Angreifer zog den angeschlagenen Gegner aus der Gefahrenzone und der andere griff Endora an. Sie focht einen erbitterten Kampf. Die Schwerter prallten aufeinander, dass es weithin schallte.

„Was war das, Wotan", verhielt Prinz Guntram sein Pferd. „Waffenlärm!" entfuhr es ihm. „Galopp, Wotan!" trieb er sein Pferd an. „Ich muss ergründen wer es wagt, in friedlichen Zeiten in unserem Königreich Fehden auszutragen." Im Galopp jagte er dem Kampflärm entgegen und zuckte zusammen. „Ich erkenne die blonden Haare der Prinzessin. Sie wird von zwei Angreifern bedrängt. Jetzt ringt sie einen nieder. Den hat sie ausgeschaltet, aber der andere greift sie an. Auf ihn, Wotan!" spornte er seinen Hengst an. Mit langen Sprüngen flog Wotan heran und rammte Endoras Gegner nieder.

Endora wankte. Sie blutete an der linken Schulter. Sie stieß einen befreienden Schrei aus und versetzte ihrem Gegner, der sich nach dem Pferdetritt wieder erhoben hatte, einen Hieb auf den Helm. Der Getroffene stürzte nun kampfunfähig zu Boden. Alle drei Raubritter wälzten sich im

Staub. Aber auch Prinzessin Endora stand unsicher auf den Beinen. Ihr Atem ging schwer.

Prinz Guntram lenkte sein Pferd an ihre Seite, zog Endora auf sein Pferd, hielt sie vor sich im Sattel fest und jagte im Galopp zur Stadt zurück.

Die Stute Kassandra galoppierte hinterher.

„Öffnet das Tor! Schickt die Garde aus, Ritter Triebold und seine beiden Spießgesellen einzufangen!" befahl Guntram der Schildwache und jagte durch das Stadttor dem königlichen Palast entgegen. Vor der Freitreppe zum Palast ließ er sich aus dem Sattel gleiten, hob Endora vom Pferd und trug sie auf seinen Armen die Stufen hinauf.

Ich kann doch allein laufen. Wie oft hatte ich mich schon verletzt und stark geblutet, dachte Endora. Warum rufe ich nicht: Lasst mich frei, Prinz Guntram?

An seiner Brust zu liegen, tut so gut. Mein Körper schwebt wie auf Wolken, gab sich Endora dem angenehmen Gefühl hin. Sie spürte seine Körperwärme, aber nicht die verwundete Schulter.

Die Kurfürstin und die Hofdamen liefen dem Prinzen entgegen. „Ruft den Wundarzt", rief er ihnen zu.

„Lasst mich herab, Prinz Guntram. Meine Beine sind nicht verletzt, nur meine Schulter."

„Könnt Ihr ohne meine Hilfe Euer Gemach betreten?"

„Gewiss doch, Prinz Guntram."

Als Endora auf ihren Beinen stand, schwankte sie.

Guntram griff sofort zu und trug sie in ihr Schlafgemach, bettete sie auf ihre Lagerstatt und befahl dem Wundarzt, sich der Prinzessin anzunehmen. „Er bürgt mir für Leib und Leben der Prinzessin!"

Unterdessen hatte die königliche Garde, Ritter Triebold und seine Mitstreiter, gefangengenommen und sie dem König vorgeführt. „Meine Nachsicht mit Euch hat nun ein Ende, Ritter Triebold!" donnerte ihn der König an. „Kleine Scharmützel habe ich bisher durchgehen lassen. Der Übergriff aber auf meinen Gast Prinzessin Endora hat das Fass zum Überlaufen gebracht. Eure Ländereien und Untertanen, die Ihr Euch in meinen Diensten erworben habt, werde ich meinem Besitze einverleiben..."

„Mein König..." winselte der am Boden liegende Edeling.

„Keine Gnade", wehrte der König ab. „Ab mit Euch und Euren Rabauken in den Burgverließ!" Und damit war das Schicksal der Gefangenen besiegelt. Für ewige Zeiten. Bis zum bitteren Ende.

20

In dem dunkeln verlassenen Gemäuer würden sie verschmachten, verhungern und verdursten.

Der Wundarzt hatte die Schnittwunde versorgt und einen Verband angelegt. Zehn Tage musste sie das Bett hüten. Am elften Tag bat Guntram die Kurfürstin, Endora sprechen zu dürfen.

„Habt Ihr Schmerzen, Endora?" fragte er sie im Beisein ihrer Mutter.

„Sie sind erträglich, Prinz Guntram", antwortete Endora. „Ich möchte einen Spaziergang durch den Park machen."

„Soll ich Euch geleiten?"

„Wenn es Eure Zeit erlaubt", stieß sie vorsichtig an.

Während sie Arm in Arm durch den Park schlenderten, schwiegen sie. Die zärtlichen Gefühle, die sie für einander hegten, vermochte keiner der beiden offen auszusprechen.

Ihre Nähe und Köperwärme durchdrang seinen Körper wie ein Sonnenstrahl. Sein Herz, das nur für das Schlachtfeld geschlagen hatte, schmolz dahin, wie Schnee in der Sonne. Fühlt sich die Liebe so warm und weich an wie mein Kamin, der mir im Winter Wärme spendet? fuhr es ihm durch den Sinn. Ihre körperliche Berührung weckte Gefühle, deren er sich nicht widersetzen konnte. Sein Herz schlug heftiger, als es je geschlagen hatte. Vor keinem Zweikampf hatte er jemals dieses Herzklopfen verspürt, wie hier am Arm von Endora. Er musste es sich eingestehen, dass die Liebesabenteuer, die er bislang erlebt hatte, nur oberflächlich waren. Ich mag meine Prinzessin. Meine Prinzessin? Bin ich tatsächlich bereit, mich in die Zwänge einer Ehe zu begeben? dachte Guntram. Ich werde um ihre Gunst werben. Der Druck des Königs und die Macht der Liebe hatten ihn besiegt.

Würde er mich doch nicht mehr loslassen. Ich liebe Guntram. Mein Herz steht in Flammen. Bei meiner Ankunft hatte es bereits gesprochen. Wie soll es nun weitergehen? überlegte Endora. Ich müsste den Kurfürsten, meinen Vater bitten abzureisen, sollte Guntram sich im Schloss wieder kaltherzig verhalten. Ich könnte es nicht ertragen, meinem Herzen zu befehlen, zu schweigen. Ihm täglich zu begegnen würde mich umbringen, die scharfe Klinge des Verzichts, wäre schlimmer als der Tod im offenen Zweikampf, quälten sie düstere Gedanken.

„Bist du müde? Sollten wir uns niederlassen, Endora?" unterbrach er ihren Gedankengang.

„Noch nicht, Guntram, ich fühle mich so sicher in deinem schützenden Arm", duzte sie ihn ebenso, und schalt sich eine Närrin, sich mit negativen Gedanken zu kränken.

„So lass uns noch ein wenig lustwandeln, holde Endora."

„Ich danke dir", hob sie den Kopf und schenkte ihm ein zärtliches Lächeln.

Ein Blitz schoss in seinen Kopf. Er zog sie in die Arme und schaute sie lange an. „Darf ich dich bitten, meine Gemahlin zu werden, Endora?"

„Du gedenkst eine Kranke, eine halbe Waffengefährtin zu freien", hatte sie geantwortet, den Kopf in den Nacken geworfen und aus vollem Herzen gelacht.

„Du wirst rasch wieder gesunden und noch so manch einen Ritter aus dem Sattel heben", hatte er geantwortet und sie geküsst.

Und sie hatte zärtlich seinen Kuss erwidert. „Diese Frage stellst du besser meinem Vater, dem Kurfürsten", hatte sie geantwortet, nach dem Kuss, nach dem sie sich bereits bei ihrer Ankunft gesehnt hatte.

„Wird er nicht einer Eheschließung abhold sein?" verzog Guntram schmerzhaft das Gesicht.

„Ich liebe dich und werde so lange Jungfer bleiben bis dich mein Vater als Eidam an seine Brust drückt."

„Wünsch mir Glück, wenn ich deinem Vater gegenübertrete und sage: Kurfürst, ich bitte Euch um die Hand Eurer Tochter."

„Haha", lachte Endora. „Dein grimmiges Gesicht könnte den Kurfürsten eher verschrecken als erfreuen."

„Gefalle ich dir so besser?", lächelte er und seine braunen Augen schauten sie verträumt an.

„Mein Vater wird begeistert sein."

Endora sollte recht behalten.

Guntram ließ sich bei Kurfürst Archibald anmelden.

„Was führt Euch zu mir, Prinz Guntram? Was ist Euer Begehr?" gab sich der Kurfürst unwissend, obwohl er es sich denken konnte, weshalb Guntram ihn zu sprechen wünschte.

„Kurfürst", begann er und sein ernstes Gesicht entspannte sich. „Ich bitte Euch um die Hand Eurer Tochter."

„Seid Ihr auch mit dem Herzen dabei, Prinz Guntram?"

„Ich kann nichts anderes mehr denken, als mich mit Eurer Tochter zu einen."

„Wie denkt Endora darüber? Hat sie sich schon offenbart?"

„Wir sind beide eines Sinnes."

In der Schlosskapelle wurde das Brautpaar von einem Priester getraut. „Du darfst mit der Braut deine Bettstatt teilen", schloss der Priester seine Andacht.

Die Tische im großen Speisesaal bogen sich unter der Last der Wildschein- und Rehbraten, der süßen Früchte und der berauschenden Getränke.

Tausend Kerzen strahlten, als in dem großen Krönungssaal, die Schalmaien die jungen Leute zum Tanze aufforderten.

Zu vorgerückter Stunde schaute Guntram seine schöne Braut an. „Was denkst du, sollten wir dem Treiben entfliehen, meine holde Prinzessin?"

„Ich habe nichts dagegen zu erwidern, mein stolzer Prinz", nickte Endora errötend mit dem Kopf, so dass ihre Haarpracht ihre Augen verdeckte, und Prinz Guntram gezwungen war, sie tragen zu müssen, in die Gemächer, die ihnen der König hatte herrichten lassen. Auf dem weichen Lager versanken Prinz und Prinzessin ins Märchenschloss der Liebe und luden sich gegenseitig zu Liebesfreuden ein. Eingehüllt in himmlischen Wonnen, waren sie der Wirklichkeit entrückt.

# Duell im Sonnenaufgang

„Eine Kutsche erwartet Euch, Gräfin", verbeugte sich der Diener und überreichte der jungen Elvira, Gräfin von Gothen einen versiegelten Umschlag.

„Hat Er sich das Wappen angeschaut?" fragte Elvira den Diener, während sie das Siegel erbrach.

„Kein Wappen, nur eine Lohnkutsche, Gräfin. Jedoch der Kutscher trägt das Gewand eines fürstlichen Lakaien."

„Ich sollte mich dem Manne anvertrauen. Auch auf eine Begleitperson könnte ich verzichten. Der Kutscher würde mich geleiten. Gesiegelt, Meister Lambert."

Der 18jährigen Gräfin klopfte das Herz bis zum Hals. Sie überlegte fieberhaft, wer Meister Lambert sei oder ob sie sich einem Vergehen schuldig gemacht hätte? Wie sollte sie sich verhalten? Fliehen wäre sinnlos, überlegte sie. Sie wüsste nicht wohin sie sich wenden sollte.

„Gräfin, Euch sollten Guntram und Wolfram begleiten?" schlug der Diener vor, dem die Sorge um seine Herrin im Gesicht geschrieben stand.

„Meister Lambert besteht darauf, dass ich ohne Begleitung erscheine", erwiderte Elvira. „Richte

Er Guntram und Wolfram aus, dass sie der Kutsche unauffällig folgen."

„Sehr wohl, Gräfin", verbeugte sich der Diener und verließ im Eilschritt den Raum.

Der Kutscher half Elvira die Kutsche zu besteigen. „Wer ist Meister Lambert?" fragte sie ihn.

„Mein gnädiger Herr, Gräfin", antwortete der Mann einsilbig. Er trieb die Pferde an, und im Trab näherte sich die Kutsche der Herzogresidenz.

Guntram und Wolfram war es nicht gelungen der Kutsche zu folgen.

Elvira war auf sich alleingestellt. An der Schlossmauer angekommen forderte der Kutscher Elvira auf, auszusteigen. Er führte sie durch ein Buschwerk hindurch, geleitete sie eine Treppe hinab und klopfte an eine Tür.

Als ihn eine Männerstimme aufforderte einzutreten, machte er die Tür auf.

„Komm näher, Elvira Gräfin von Gothen", wurde sie von einer Männerstimme aufgefordert einzutreten.

Elviras Hände wurden eiskalt. Ihr Herz klopfte rasend schnell. Ich bin entführt worden, dachte sie, als sie den halbdunklen Raum betrat. Ihr Atem stockte.

In einem mit wenigen Kerzen erleuchteten Kellerraum, saß ein wie ein Bauer gekleideter Mann, der sich nicht erhob und Elvira auch nicht die Hand reichte.

„Später werde ich mich zu erkennen geben", sagte er. „Nenn mich Meister Lambert. Ich habe dich zu mir gebeten, weil ich erfahren habe, dass du verwaist bist. Ich möchte dir hilfreich zur Seite stehen und dir Wünsche erfüllen", fuhr er fort.

Elvira glaubte, sich verhört zu haben. Sie war nicht entführt worden. Der Fremde war ihr wohl gesonnen. „Womit kann ich dir eine Freude bereiten?" fragte er sie.

„Ich würde gerne meine Reitkünste vervollständigen. Das Fechten und die Tanzkunst möchte ich ebenfalls erlernen. Wenn das Eure Mittel nicht überfordert", antwortete Elvira mit kaum vernehmbarer Stimme.

„Alles sei dir gewährt. Deine künftigen Ausbilder stehen morgen zum Empfang bereit. Sie werden dir keine Gnade gewähren. Ein volles Programm wird dein Leben beherrschen. Du wirst dir so manches Mal wünschen, nicht geboren zu sein. Reiten, fechten und tanzen erfordern körperliche Beherrschung und Disziplin, Daher fragte ich dich noch einmal, Elvira Gräfin von Gothen, bist du gewillt, dich diesem Zwang zu unterwerfen?"

Elvira hatte inzwischen Vertrauen zu Meister Lambert gefasst, so dass es ihr nicht schwerfiel, ihm Rede und Antwort zu stehen. „Euer Angebot ist mir willkommen. Ich werde Eure Erwartungen zu würdigen wissen, Meister Lambert", sagte sie mit fester Stimme, wobei ihre Blicke auf den Mann gerichtet waren, der ihr im Halbdunkel gegenübersaß.

„Ich werde dem Reitlehrer Anweisung geben, dir morgen in der Frühe die erste Lektion zu erteilen", erhob er sich und verließ den Kellerraum.

Sie liebte das Reiten, daher fiel es ihr nicht schwer, viele Stunden am Tage im Sattel zu sitzen. Jedoch der Fechtkampf, den sie ein paar Tage später in Angriff nahm, kostete Kraft, Ausdauer und Schweiß. Sie biss die Zähne zusammen und war nicht bereit Schwäche zu zeigen. Ein Jahr später schon trieb sie ihren Ausbilder in die Enge, so dass er sich des Öfteren geschlagen geben musste. „Ihr seid unschlagbar, Gräfin. Meine Dienste sind nicht mehr erforderlich", verbeugte sich der Lehrmeister ehrfurchtsvoll vor Elvira.

Das Tanzen bereitete ihr ebenfalls viel Freude. Sie war so eine gelehrige Schülerin, dass sie bereits nach einem Jahr Ausbildung, das Reiten, den Fechtkampf und das Tanzen beherrschte. Meister Lambert hielt ständig Kontakt zu ihren Aus-

bildern. Als er erfahren hatte, dass sie meister-
lich zu Pferde saß, den Degen ausgezeichnet
führte und auf dem Tanzboden graziöse Schritte
zu setzen wusste, wurde sie von Meister Lambert
fortan eingesetzt, Streit zu schlichten, oder adligen Damen und Herren Schutz zu gewähren und
reisenden Händlern die mit einer wertvollen
Fracht unterwegs waren, Begleitschutz zu geben.

„Du hast dich heute verspätet, Elvira. Was bislang noch nicht geschehen ist", sagte der Mann,
dessen Gesicht in der Dunkelheit des spärlich
beleuchteten Raumes lag, so dass die junge Frau
sein Alter nicht einzuschätzen vermochte. Auch
seine Stimme verriet nicht, dass er bereits die
Sechzig überschritten hatte. Selbst seinen Bewe-
gungen sah man das Alter nicht an.

„Ich musste den Streit zweier Tonwarenhändler
schlichten, die sich um die besten Standplätze
stritten, Meister Lambert", verteidigte sich die
rothaarige Frau.

Die vollen Lippen und die feurigen grünen Augen
der etwa 20jährigen Frau verfehlten keineswegs
ihre Wirkung auf die Männerwelt.

Im 17. Jahrhundert, als Könige und Adelsfamilien
das Volk regierten, geizten die Damen keinesfalls
mit ihren Reizen. Mit freizügigem Ausschnitt im
Kleid und ausladenden Hüften, promenierten die
Edeldamen an lüsternen Männerblicken vorüber.

Die rothaarige Elvira wurde von den Männern nicht nur mit Blicken verfolgt, sie machten ihr ganz offensichtlich den Hof. Bislang war sie den Männern nicht zugetan. Ihr Herz hatte noch nicht gesprochen. Außerdem lenkte und leitete der Mann, der sich Meister Lambert nannte, seit ein paar Jahren die Geschicke ihres Lebens. Und sie war glücklich. Wer mochte sich nun wirklich hinter Meister Lambert verbergen? Sicherlich kein gewöhnlich Sterblicher. War sich Elvira sicher. Meister nannten sich Männer mit besonderen Vorzügen. Zudem war ihm der Raum im Schlosskeller bekannt, ging es Elvira durch den Sinn. Irgendwann wird es mir gelingen, dich zu entlarven, schwor sich Elvira und ihr Lächeln verzauberte ihr Gesicht, machte es weich und anschmiegsam.

Meister Lambert schien auf weibliche Reize nicht zu reagieren. „Ich habe einen neuen Auftrag für dich", sagte er mit ausdrucksloser Stimme.

„Was ist es diesmal, Meister?" fragte die Rothaarige, und in dem Halbdunkel des Raumes versuchte sie sein Mienenspiel zu ergründen.

Sie glaubte, ein unterdrücktes Lachen vernommen zu haben, und dachte, so kaltschnäuzig wie er sich stets verhält, scheint er doch nicht zu sein.

„Der Prinz von Fasalien ist eine wichtige Person für mich persönlich. Du wirst ihn mir zuführen. In diesen Raum erwarte ich ihn."

„Wann soll das geschehen? Und wo hält sich der Prinz auf?"

„Morgen kurz nach Sonnenaufgang wird der Prinz in einer offenen Kutsche den Grenzstein fünfzehn passieren, um hinüber in sein Jagdrevier zu gelangen. Wie du es anstellst, ihn zu entführen, ist deine Sache." Meister Lambert erhob sich, schloss mit einem Spezialschlüssel eine schwere mit Eisen beschlagene Tür auf und drückte auf einen Knopf. Die Tür rollte lautlos zur Seite und ebenso leise huschte er hinaus. Behände nahm er die Stufen einer Treppe, schob die grünen Zweige, die einen natürlichen Vorhang bildeten, zur Seite, und trat ins helle Sonnenlicht hinaus.

Elvira war es nicht erlaubt, Meister Lambert umgehend zu folgen. Sie verließ etwa fünf Minuten später den Kellerraum. Geräuschlos sprang sie die Treppenstufen hinauf und lief zu ihrem Rappen, der sie mit leisem Schnauben begrüßte.

Ein Sprung in die Höhe und sie saß im Sattel. Elvira war eine geübte Reiterin, die mit gespreizten Beinen, wie eine Amazone, im Herrensitz ritt und die ihre wohlgeformten Knie zeigte. Ansonsten saßen die Damen mit beiden Beinen auf der linken Seite des Pferdes und trabten in so genanntem Damensattel sitzend durch die Straßen.

Heute hatte sie von Meister Lambert einen Auftrag bekommen, der ihn ganz persönlich betraf. Sie sollte Achim, Prinz von Fasalien entführen. Wie ihr das gelingen sollte, musste sie noch mit ihren Mitstreitern besprechen. Auf dem Heimweg zu ihrem Jagdschloss machte sie sich zwar Gedanken, ob die Entführung gelingen würde, aber sie baute auf ihre Fechtkunst und ihre weibliche List.

Elvira Gräfin von Gothen hatte indessen ihre Heimstatt erreicht, ein schmuckes Jagdschloss, das sie von ihren Eltern geerbt hatte, die von einer marodierenden Bande ermordet worden waren. Sie ließ sich aus dem Sattel gleiten, überließ ihr Pferd dem Stallburschen und lief ins Haus.

Dem Diener befahl sie: „Richte Er bitte Guntram und Wolfram aus, dass ich sie in einer halben Stunde zu sprechen wünsche."

„Sehr wohl, Gräfin", verbeugte sich der alte ergraute Diener. Er liebte seine jugendliche Herrin, wie eine eigene Tochter.

Guntram und Wolfram, zwei kernige junge Muskel bepackte, im Kampf erprobte Haudegen, denen man die Zwillingsbrüderschaft sofort ansah, betraten den Blauen Salon, der nur wenigen Personen zugänglich war.

Mit ehrfurchtsvollen Mienen verbeugten sie sich, bevor sie der Gräfin einen erfüllten segensreichen Tag wünschten.

„Ich bitte die Herren Platz zu nehmen und mit mir auf ein brisantes Unternehmen anzustoßen, das von uns ein großes Geschick abverlangt", reichte sie ihnen den gefüllten Becher zum Trunk.

Wie es ihnen gelingen sollte, den Prinzen von Fasalien zu entführen, wurde bis ins kleinste Detail durchgesprochen und das Für und Wider abgewogen. Sie einigten sich auf einen Überraschungsangriff.

Im Morgengrauen verließen sie das Jagdschloss. Die Zwillinge waren wie Leibwachen gekleidet und mit Schutzschild und Schwert gewappnet. Elvira hatte sich mit einem Degen zum Zweikampf gerüstet.

Hinter dem Grenzstein fünfzehn, einem mit dichtem Buschwerk bewachsenen Durchlass, standen die beiden Ritter und die Gräfin bereit, den Prinzen an der Weiterfahrt zu hindern.

Als das Nahen der Kutsche deutlich zu vernehmen war, gab Elvira ihren Recken einen Wink mit der Hand. „Haltet ihn auf", raunte sie ihnen zu.

Im Galopp sprengten sie der Kutsche entgegen.

„Wir befehlen Euch anzuhalten! Die Durchfahrt ist gesperrt!"

„Keineswegs für den Prinzen von Fasalien! Gebt den Weg frei! Oder soll ich Euch      Beine machen! Ihr Wegelagerer!"

„Hoho!" lachten Guntram und Wolfram. „Versucht es nur, uns aus dem Weg zu räumen!" forderten sie ihn heraus.

Als der junge Prinz von Fasalien den Degen ergriff und die Kutsche verließ, näherte sich im Galopp eine weibliche Person, deren rote Haarpracht mit der aufgehenden Sonne um die Wette eiferte. Achim Prinz von Fasalien, glaubte zwei aufgehende Sonnen zu erblicken.

„Halt!" rief die Reiterin. „Der Edelmann gehört mir. Wollt Ihr Euch der Übermacht ergeben, Prinz von Fasalien? Oder gegen einer Dame im offenen Zweikampf den Kürzeren ziehen!?"

„Ich würde mich gerne der Dame unterwerfen, aber meine Ehre als Ritter verbietet es mir, mich kampflos geschlagen zu geben", trat der Prinz unerschrocken auf und lächelte siegesgewiss.

„Dann sollen die Degen sprechen", rief sie und sprang aus dem Sattel.

„Und die Herzen, schöne Unbekannte", gab der Prinz lachend zurück.

Blitzschnell griff sie den Prinzen an.

Dieser parierte geschickt den ersten Angriff der Gräfin. Und augenblicklich war ihm klar, dass er einer ernstzunehmenden Gegnerin gegenüberstand.

Ein erbitterter Zweikampf war nun entbrannt. Meisterhaft gelang es beiden dem entscheidenden Treffer seines Gegners auszuweichen und abzuwehren.

„Wehrt Euch, Prinz", lachte Elvira hellauf und brachte damit den Prinzen aus dem Gleichgewicht.

Abgelenkt von ihrem Lachen, das ihn mitten ins Herz getroffen hatte, stürmte er unkontrolliert voran. Er verspürte einen harten Schlag, geriet ins Straucheln und Elvira gelang es, ihm die Waffe aus der Hand zu schleudern. „Werdet Ihr mir freiwillig folgen, Prinz von Fasalien, oder muss ich Euch Fesseln anlegen lassen?" Setzte sie ihm den Degen auf die Brust.

„Ich bin Euer Sklave, schöne Unbekannte", gab sich der Prinz geschlagen. „Ihr seid eine Meisterin in der Fechtkunst. Nennt Ihr mir Euren Namen?"

„Später vielleicht, Prinz", wehrte Elvira ab. "Zunächst gilt es mir, Euch meinem Auftraggeber zu übergeben."

„Sicherlich so eine geheimnisvolle Person, wie Ihr es seid", erwachte seine Neugier.

„So ist es, Prinz. Nehmt wieder in Eurer Kutsche Platz. Wir werden Euch den Weg weisen."

Hinter dem Residenzschloss angelangt, war Elvira sofort zur Stelle. „Achim von Fasalien, haltet Euch ritterlich und verlasst die Kutsche."

„Wollt Ihr mir den Arm reichen, holde Jungfrau. Der Zweikampf mit Euch hat mir meine Kräfte geraubt", sagte der Prinz und ein Lächeln huschte über sein junges männlich ausdrucksvolles Gesicht.

Als sie ihm die Hand reichte, hatte sie ihr Herz sofort verloren. Aber mit den Worten: „Das muss auch sein", zog sie ihm eine Kapuze über den Kopf.

Er streckte die Arme aus und ließ sich an ihre Brust fallen. Sie errötete und der 25jährige Prinz genoss den Augenblick ihrer Nähe und den Duft ihrer Haut. „Ich fürchte mich in der Dunkelheit", sagte er hilflos. „Führt mich bitte edle Fechterin."

„Meine Gunst wird Euch nicht gewährt, dass Ihr mir in die Arme sinkt. Ich muss Euch führen, weil nur mir der Weg bekannt ist, der geheim bleiben muss."

„Das ist sehr bedauerlich, edle Schwertkämpferin. Ich stand in dem Glauben, Ihr würdet mich in Euer Reich entführen, um sich meiner Liebesdienste zu bedienen, die ich Euch keineswegs verweigern würde. Stattdessen soll ich einem Unbekannten überführt werden. Es würde mir sehr viel Freude bereiten Euer Minnesänger zu sein."

„Achim von Fasalien. Besinnt Euch! Achtet auf Eure Ausdrucksweise im Beisein einer Dame!" antwortete sie ihm entrüstet.

„Wenn mein Herz aber eine andere Sprache spricht, schönes Fräulein. Soll ein Mann aus seinem Herzen eine Mördergrube machen, das vor lauter Minne blutet."

„Konzentriert Euch, Prinz Achim. Acht Stufen führen hinab. Werdet Ihr mit mir gemeinsam die Stufen zählen?" überhörte sie seine gefühlvollen Worte.

„Wenn auf jeder Stufe ein Kuss erfolgt", hob er die Kapuze an und lachte hellauf.

Elvira lächelte verlegen. „Eins", zählte sie.

„Ein Kuss", erklang es unter der Kapuze.

„Ihr seid unverbesserlich", gab sie ihrer Stimme Festigkeit. „Wir wollen doch meinen Auftraggeber nicht warten lassen."

„Wie könnt Ihr nur so grausam sein." schmollte Prinz Achim.

Sie wurde einer Antwort enthoben, denn Meister Lambert war in der Tür erschienen. „Ich habe dich vorerst nicht mehr nötig, Elvira", sagte er.

„Sehr wohl, Meister Lambert", schloss sie hinter sich die Tür und Meister Lambert befreite Prinz Achim von dem Sichtschutz.

„Herzog, Ottomar", entfuhr es Prinz Achim.

„Ja, mein Junge, ich bin es, der Waffengefährte deines verstorbenen Vaters."

„Was habt Ihr mit dem Überfall auf meine Person zu schaffen, Herzog? Habt Ihr mir diese Schwert schwingende Amazone entgegengesandt?"

„Gefällt dir mein Schützling?" schaute Herzog Ottomar den Prinzen prüfend ins Gesicht.

„Sie gefällt mir so sehr, dass ich sie zu meiner Gemahlin erkoren würde. Aber wieso Euer Schützling? Sie nennt Euch Meister Lambert?"

„Weil ich den König, deinen Vater, auf seinen Kriegszügen begleiten musste, hatte ich Elvira nie kennengelernt. Erst als ich mit deinem todkranken Vater in die Heimat zurückkehrte, wurde mir entdeckt, dass mein Schwesterkind verwaist war. Heute nun soll sie erfahren, dass ich der Brucer ihrer Mutter bin."

„Und weshalb das Versteckspiel, Herzog Ottomar?"

„Ich hatte nicht die Absicht, Elvira am Hofe einzuführen. Sie sollte am Hofe nicht verdorben werden. Nur rumflanieren wie andere Höflinge. Reiten, fechten und in meinem Herzogtum für Ordnung zu sorgen, das hat sie sich mit meiner Hilfe zur Aufgabe gemacht. Daher meine Zurückhaltung. Heute jedoch hat sich alles geändert. Ich werde Elvira verehelichen."

„Verehelichen, Herzog Ottomar?" horchte Prinz Achim auf.

„Das fragst du, Achim!" lachte der Herzog.

„Ich wüsste nicht, was ich damit zu tun habe."

„Was meinst du wohl, warum ich dich von Elvira habe entführen lassen?"

„Herzog Ottomar, glaubt Ihr wirklich, dass diese schöne Frau, die mit dem Degen kämpft, wie mir kein bekannter Edelmann, ein Herz besitzt?"

„Das musst du selber herausfinden", erwiderte der Herzog. „In den Räumen meines Schlosses findet in fünf Tagen ein Tanzabend statt. Dort wird sie dir zur Rechten sitzen."

„Wird es mir gelingen, diesen Wildfang zu bändigen", strich sich Achim nachdenklich durch das blonde kräftige Haar.

„Mit der Klinge gewiss nicht", gab der Herzog lachend zurück. „Lasst eure Degen nicht gegeneinander kreuzen, sondern kreuzt eure Herzen miteinander", fügte der Herzog noch hinzu, und mit einem kräftigen Händedruck verabschiedeten sich die Männer voneinander.

Alles was Rang und Namen hatte betrat am Tanzabend den festlich geschmückten Saal, der von vielen Tausend Kerzen in hellem Glanz erstrahlte.

Herzog Ottomar hatte Elvira in seiner Residenz empfangen, und ihr verraten, dass er ihr Onkel war. Nun stellte er seine Nichte den Gästen vor. Prinz Achim wurde als Ehrengast begrüßt.

Elvira küsste ihrem Onkel die Hand. „Habt Dank für alles, lieber Oheim", flüsterte sie selig lächelnd.

„Wenn ich dich glücklich sehe, mein Kind, dann bin ich es auch. Ich wäre dir dankbar, würdest du dich um Prinz Achim kümmern", raunte er ihr zu.

„Keine Sorge, lieber Oheim, ich mag Prinz Achim", gab sie errötend zu und nickte mit dem Kopf, dass ihre rote Haarpracht im Schein der Kerzen erstrahlte wie eine aufsteigende Sonne.

„Das erfreut mein altes Herz, mein liebes Kind", tätschelte er ihre Wange. „Nimm bitte Platz. Graf

Gunther wartet darauf, von mir begrüßt zu werden."

Als sich Elvira ihrem Stuhl näherte, lief ihr Prinz Achim entgegen und reichte ihr ritterlich den Arm „Wertes Edelfräulein darf ich Euch zu Eurem Platz geleiten", schaute er sie bittend an.

„Ihr dürft, Prinz", legte Elvira ihre Hand auf seinen Handrücken. Ein seliger Schauer strömte durch ihren Körper. In Liebesdingen war die 20jährige völlig unerfahren.

Von Prinz Achim geht die Gefahr aus, mein Herz zu verlieren. Und mich von seinen Lippen besiegen zu lassen, wäre mein größter Sieg, dachte Elvira sehnsuchtsvoll.

„Welche der köstlichen Speisen darf ich Euch reichen, Gräfin? Was haltet Ihr von dem duftenden Wildschweinbraten?"

„Ich bitte Euch, mir zuvor den Becher mit dem schäumenden Getränk zu reichen."

„Auf Euch, Elvira Gräfin von Gothen", hob er ihr seinen Becher entgegen.

„Auf Euch, Prinz Achim", gab sie ihm mit ihrer wohlklingenden Stimme Bescheid.

Nach dem erfrischenden Trank wurde ausgiebig gespeist.

Anschließend spielten die Schalmaien zum Tanze auf. Elvira tanzte den Reigen mit Hingabe und Grazie.

Achim war von seiner Tanzpartnerin begeistert. „Ihr führt nicht nur einen scharfen Degen, Ihr seid auch eine Meisterin in der Tanzkunst."

„Dank Herzog Ottomar hatte ich einen ausgezeichneten Tanzlehrer", lächelte Elvira so entrückt, dass Achim an sich halten musste, nicht ihren roten lockenden Mund zu küssen, sondern sich mit ihrer Hand zufrieden zu geben.

Mit jedem Blick verrieten die jungen Leute, wie verliebt sie waren.

Herzog Ottomar hatte sie beobachtet und als die Musikinstrumente schwiegen, betrat er die Empore. Die Anwesenden richteten ihre Blicke auf ihn. „Ich bitte Elvira und Achim zu mir aufs Podium. Elvira zu meiner Rechten und Achim zu meiner Linken. So ist es recht. Edle Damen und Herren", wandte er sich seinen Gästen zu. „Zu meiner großen Freude verkündige ich, dass ich Achim, Prinz von Fasalien mit meiner Nichte Elvira Gräfin von Gothen verehelichen möchte. Ist das dein Wunsch, Achim", schaute er den Prinzen an.

„Mit Freuden, Herzog, Ottomar", stimmte Achim zu und griff nach Elviras Hand.

„Und dich, liebes Schwesterkind muss ich sicherlich nicht fragen, ob du Achim von Fasalien eine getreue Gemahlin und Waffengefährtin sein willst, deine Wangen glühen ja bereits vor Liebesfieber. Hiermit ist euer Verlöbnis rechtens", betonte Herzog Ottomar. „Du darfst die Jungfer küssen", trat er ein paar Schritte zurück, um Achim die Möglichkeit zu geben, Elvira in die Arme zu schließen und das Verlöbnis mit einem Kuss zu besiegeln.

# Kampf um ein Königreich

Als der fahrende Ritter die üppigen Speisen und die gehaltvollen Getränke genossen hatte, wurde ihm Wasser zum Waschen der Hände gereicht. Danach lehnte er sich behaglich zurück. Um nicht länger die fürstlichen Damen und Herren auf die Folter zu spannen, ergriff er das Wort:

„Ick giorta dat seggen, dat si urhetton muotin, Hildibrand enti Hadubrand unta Heerin tuen, Suno, Vatarungo."

Auf seinen Reisen durch die Lande, ist dem Ritter, Guntram, zugetragen worden, dass sich Prinz Hildibrand und sein Vater, König Hadubrand, feindlich gegenüber standen. Und mit der Neuigkeit, dass sich ihre Heere auf dem Schlachtfeld, einen blutigen Kampf um das Königreich Burgund geliefert hatten, versetzte der Ritter seine adligen Gastgeber in atemloser Spannung. Und sie baten ihn, er möge ihre Neugier stillen.

Wozu der ritterliche Gast gerne bereit war. Sofort bewies er ihnen, dass er ein ausgezeichneter Erzähler war.

Er wusste zu berichten, dass Königin Gutelinde ihren wohlgestalteten Sohn in ihre Gemächer empfangen hatte. „Sehr vorteilhaft würde die Krone dein blondgelocktes Haupt zieren", schmeichelte sie ihrem Sohn, den sie ebenso abgöttisch liebte wie ihren Gatten Hadubrand.

Hildibrand reagierte, in einem Alter von zwanzig Jahren, wie ein Mann, der seit seiner Jugend nur zum Kämpfen erzogen worden war. Er warf sich in Positur und seine Gesichtszüge verhärteten sich. „Königliche Hoheit, ich bin bereit die Krone zu tragen, aber seine Majestät ist nicht bereit sie herauszugeben. Ich könnte sie ihm entreißen, dem müden alten Mann, der seit langem nicht mehr gewillt ist, Kriege zu führen!"

„So gefällst du mir, mein tapferer Krieger", lobte ihn Gutelinde. „Aber wir sollten uns überlegen, wie wir deinen Vater zwingen, dir die Regentschaft, von Burgund zu übergeben. Nicht mit Gewalt, sondern mit Überredungskunst."

„Ich habe das Gefühl, dass er mit Worten nicht zu überzeugen ist", sagte Hildibrand.

„Ich werde mir etwas einfallen lassen, mein stolzer Sohn."

„Und ich werde ihn wohl zum Kampf herausfordern müssen."

„Willst du zum Mörder deines Vaters werden?!" fuhr Gutelinde entsetzt in die Höhe. „Mein Gemahl sollte nicht von der Hand seines Sohnes gemeuchelt werden."

„Sorgt Euch nicht, Königliche Hoheit", lenkte Hildibrand ein. „Meine jungen Krieger werden seinen alten verbrauchten Recken das Fürchten beibringen. Ihnen wird kaum Zeit bleiben, sich zur Wehr zu setzen. Sie werden ihr Heil in der Flucht suchen."

„Ich werde mit seiner Majestät reden", entgegnete die Mutter

„Und ich stelle inzwischen ein Heer zusammen", straffte Hildibrand seine breiten Schultern, küsste der Königin die Hand, und verließ mit großen Schritten ihre Räume.

„Du machst so ein grimmiges Gesicht", zuckte Erdmute zurück, als sie Hildibrand auf der Freitreppe begegnet war. Die siebzehnjährige Komtess liebte ihn mit jeder Faser ihres Herzen. Sie durfte es ihm jedoch nicht zeigen. Glaubte sie doch, dass sie für ihn lediglich die kleinere Schwester war.

„Ich werde es ihnen zeigen", grollte er.

„Wem willst du was zeigen?" erblasste sie.

„Dem König und der Königin!"

„Du sprichst von deinen Eltern. Was haben sie dir angetan? Ich liebe sie wie man Vater und Mutter liebt, obwohl ich nicht ihre Tochter bin, sondern nur eine arme Waise, deren Eltern ihrer Grafschaft beraubt und getötet worden sind. Hätten mich deine Eltern nicht in Obhut genommen. Wo wäre ich heute? Sklavin in einem fremden Land!" fuhr Erdmute Hildibrand entrüstet an.

Mit einer Handbewegung wischte er ihren Einwand fort. „Die Königin möchte, dass ich Krone und Zepter übernehmen soll, aber der König ist nicht gewillt, sie seinem Sohn zu überreichen. Sobald meine Krieger sein Schloss stürmen, wird er meine Macht zu spüren bekomme."

„Hildibrand, du suchst Händel mit dem König, deinem Vater", trat Erdmute mit scharfer Stimme auf ihn zu. „Ich will den König nicht erdolcht darniederliegen sehen. Oder willst du mir zu Füßen, dein Leben aushauchen? Das sich vorzustellen ist grausam. Gedenkst du nicht der Kindertage, die wir gemeinsam unbeschwert erleben durften?"

„Wir sind keine Kinder mehr. Ich bin ein Mann."

Und was für ein schöner Mann, du bist, dachte Erdmute, schlank und kraftvoll.

„Der angehende Herrscher steht vor dir!" streckte sich Hildibrand in die Höhe.

„Der vielleicht schon bald zerschunden am Erdboden liegt, wenn er von den kampferprobten Recken seines Vaters niedergestreckt wird."

„Ich bin ebenfalls ein erfahrener Krieger. Bin ich nicht mit Schutzschild und Schwert groß geworden? Habe ich nicht Seite an Seite mit dem König, so manchen Kampf auf dem Schlachtfeld durchgefochten?"

Und wir, die Königin und ich haben gebetet und gehofft, die Männer gesund wieder zu sehen, dachte Erdmute und schaute Hildibrand an.

Hildibrand hielt ihren Blick stand und musste erkennen, dass Erdmute mit ihren dunkelblauen Augen und den langen blonden Haaren sehr hübsch geworden war. Ihren schlanken Körper mit dem vollen Busen hatte er erst jetzt entdeckt. Er zog sie in seine Arme und küsste ihren schön geschwungenen Mund. „Leb wohl, Erdmute. Die Zeit drängt. Ich muss die Kriegsvorbereitungen in Angriff nehmen."

„Bitte, gib dein Vorhaben auf. Mir zu liebe", versuchte sie ihn festzuhalten.

„Für Spielereien ist nicht die Zeit", entwand er sich ihren Händen und eilte davon.

Sie liebte ihn. Ihre Tränen flossen. Das jedoch sollte Hildibrand nicht sehen,

war sie doch eine Komtess, zwar mit Grafentitel, aber ohne Grafschaft. Einen Prinzen zu ehelichen, sollte für sie ein Traum bleiben.

„So nachdenklich, meine Königin", wunderte sich Hadubrand, der ein paar Minuten später den Salon seiner Gattin betrat.

Sie zog ihn sofort zu sich herab und küsste ihn auf den Mund. Ihren stattlichen Ehemann, den die damals achtzehnjährige aus Liebe geheiratet hatte, begehrte sie heute noch, obwohl er schon auf die sechzig zuging. Wie gerne hätte sie ihn nur für sich alleine gehabt. Die ständigen Kriege, die er geführt hatte, wollte sie nicht noch einmal erleben. Daher stieß sie vorsichtig an: „Hildibrand wäre bereit Krone und Zepter in die Hand zu nehmen."

„Deshalb die Sorgenfalten auf deiner schönen Stirn", stellte er fest.

Sie nickte mit dem Kopf. Ihre langen braunen Haare fielen herunter und verdeckten ihre dunkelbraunen Augen.

Hadubrand strich ihr das Haar aus dem Gesicht und schaute ihr tief in die Augen. „Unser Sohn ist ein Hitzkopf. Für die Krone zu jung."

„Aber du bist ebenfalls mit zwanzig Jahren Thronfolger geworden", gab sie ihm zu denken.

„Mein Vater war im Kampf gefallen. Ich bin von meinen Kriegern gezwungen worden, mir die Krone aufzusetzen. Ich bezwang meine Angst, als Feldherr zu versagen. Es galt für mich, den Feldzug siegreich zu beenden."

„Das zu überspielen ist dir scheinbar gut gelungen", lachte Gutelinde und drückte ihr Gesicht an seine breite Brust.

Seine ehemals blonden Haare, inzwischen sehr ergraut, waren immer noch kräftig und schulterlang. Seine blauen Augen konnten sanft strahlen, aber auch dem Gegner gefährliche Blitze entgegen schleudern.

In dem Augenblick in dem sie ihm verriet, dass ihn Hildibrand mit Waffengewalt vom Thron zu stürzen gedachte, nahmen seine Augen einen harten willensstarken Glanz an.

Zunächst war er drauf und dran aufzubrausen. Jedoch mäßigte er seine Lautstärke, und sein tiefer Bass, den Gutelinde so sehr liebte, schlich sich sanft in ihr Herz.

„Meine kampferprobten Recken werden diesen jugendlichen Hitzköpfen die Hörner abstoßen, so dass ihnen die Lust vergeht, ihren König vom Thron zu stürzen", drohte er lächelnd mit dem Zeigefinger.

„Aber bitte nicht den Kopf abreißen. Ich liebe meinen Sohn ebenso wie meinen Gebieter. Es würde mir das Herz brechen einen von euch beiden im Kampf zu verlieren."

„Strafe muss sein, holde Gattin", entschied er. „Aber dich belohne ich", drückte er ihr einen

Kuss auf die roten weichen Lippen, strich ihr zärtlich über das weiche Haar und sagte, bevor er sie verließ: „Die Amtsgeschäfte rufen."

„Ich hasse inzwischen deine Amtsgeschäfte!" schimpfte sie. „Wir sollten unserem Lebensabend mehr Gemeinsamkeiten abgewinnen."

„Vielleicht geschieht das in Kürze. Nur Geduld, meine Königin", antwortete er.

„Bitte richte den Hofdamen aus, dass ich sie umgehend erwarte", verabschiedete sie ihn mit einem Lächeln.

„Ich wünsche dir vergnügliche Stunden im Kreise deiner Damen", verbeugte er sich vor der Königin, die er immer nur dann duzte, wenn er sie privat besuchte. Und wenn Gutelinde ihn ebenfalls duzte, dann war sie ihm stets sehr nahe.

Eine Streitmacht von mehreren tausend Mann auf die Beine zu stellen geht nicht von heute auf morgen. Hildibrand musste sich das eingestehen, als er sich auf den Weg machte, junge Mitstreiter anzuwerben. Außerdem besaß er nicht die finanziellen Mittel, seine Männer waffenfähig auszurüsten. Er versprach ihnen, sie zu belohnen, sobald er den Thron bestiegen hatte. Ein paar junge Edelinge hatten sich ihm angeschlossen. Diese Krieger waren beritten und verfügten über scharfe Waffen, während die Bauern und Tagelöhner mit Keulen und Dreschflegeln bewaffnet waren. Als er seinen zusammen gewürfelten Haufen, auf dem Wege zur väterlichen Burg, betrachtete, kamen ihm Zweifel, die waffenstrotzenden Kämpfer seines Vaters besiegen zu können, obwohl er ihnen zahlenmäßig überlegen war.

Für einen Rückzug war es bereits zu spät, denn die Krieger seines Vaters standen bereit, ihn gebührend zu empfangen. Sie hatten sich vorgenommen dem gegnerischen jugendlichen Fußvolk eine Lektion zu erteilen, die sie so schnell nicht vergessen sollten.

Die Fronten prallten aufeinander. Mit Geschrei schwangen die Bauern und Tagelöhner ihre Dreschflegel und Keulen. Sie richteten kaum Schaden an. Anders die Recken des Königs, diese setzten ihre Schwerter und Pfeile ein und zwangen die Angreifer zum Rückzug. Hildibrand und seine Getreuen wehrten sich verbissen, gegen die Niederlage, die ihnen nach tagelangem Gefecht drohte.

Hildibrand, auf seinem Rappen, und noch ein paar berittene Edelmänner zwangen zwar einige Gegner in die Knie, sie mussten aber einsehen, dass der Kampf so gut wie verloren war. Und als der Prinz zudem noch von einem Pfeil in der Brust getroffen wurde, musste er kapitulieren. Er warf sein Schwert zu Boden. „Wir ergeben uns!" rief er und streckte die Arme in die Höhe.

Seine Mannen hoben ihn aus dem Sattel. König Hadubrand sprengte auf seinem Apfelschimmel heran. „Tragt ihn vorsichtig in seine Räume", befahl er seinen treuen Waffengefährten. „Der Kampf ist beendet!", erklang seine gebieterische Stimme über die Köpfe der Sieger und Besiegten hinweg. „Ihr sollt aus meiner Schatzkammer eine Entschädigung erhalten, Prinz Hildibrand ist im Moment nicht dazu im Stande", versprach er den Mitstreitern des Prinzen.

„Hoch lebe König Hadubrand!" jubelten die Bauern und Tagelöhner die für den jungen Königssohn gekämpft und so manche Verletzung davongetragen hatten. Die Überlebenden freuten sich auf die Belohnung die ihnen der Herrscher in Aussicht gestellt hatte.

Königin Gutelindes Herz zitterte. „Was ist mit meinem Sohn?" hielt sie sich mühsam auf den Beinen.

„Nur eine Fleischwunde von einem verirrten Pfeilgeschoss. Obwohl ich meinen Männern verboten hatte, Hildibrand anzugreifen, kann man manchmal einem Irrläufer nicht ausweichen", versuchte Hadubrand die Königin zu beruhigen. Er nahm sie tröstend in die Arme, und sie versprach ihm, ihren Sohn gesund zu pflegen.

54

Der Wundarzt zog den Pfeil aus der Brust des Prinzen. Er strich Salbe auf die Wunde und legte einen Verband an. Leider sollte sich die Verletzung ein paar Tage später entzünden. Und Hildibrand versank in tiefe Fieberträume.

Nach wochenlangem schweißtreibendem Fieber erwachte er, und mit trübem Blick schaute er in ein anmutiges Gesicht, das sich über ihn beugte und im Gebet vertieft war.

„Atta unsa tu in Himmina weinei Namu teins, Kimei tui tinassis teins, weiertei wilja teims swe in Himmina ja anna eiertei."

„Erdmute, du betest das Vaterunser? Was ist geschehen", flüsterte Hildibrand mit schwacher Stimme, während er versuchte sich zu erheben.

„Liegen bleiben", drückte sie ihn sanft in die Kissen zurück.

„Was ist mit mir? Warum bist du in meiner Schlafkammer?"

„Um dich dem Gevatter Tod zu entreißen. Er stand Tag und Nacht an deinem Lager und gierte nach deinem letzten Atemzug, aber meine Gebete und Gottes Allmacht waren stärker als der Totengräber", antwortete Erdmute. Die siebzehnjährige Edeldame, deren Eltern von marodierenden Banden vor vielen Jahren ermordet worden waren, wurde seit ihrer frühesten Kindheit von der Königin und dem König großgezogen und so geliebt, wie eine leibliche Tochter. „Wage es nicht, dich zu erheben", wurde ihre liebliche Stimme streng. „Ich muss nur sofort seiner Majestät und der Königin Bescheid geben, dass du wieder dem Leben zurück gegeben worden bist."

„Wie fühlst du dich?" erkundigte sich Gutelinde und griff nach seinen Händen.

„Sehr müde, Königliche Hoheit. Zudem plagt mich der Durst", antwortete Hildibrand.

„Erdmute wird dir sicherlich gern ein Getränk reichen. Und um wieder zu Kräften zu gelangen, wirst du mit Speisen versorgt werden. Anschließend kannst du dich dem Schlaf hingeben, um schnell wieder zu gesunden."

Dank Erdmutes Fürsorge schritt Hildibrands Genesung rasch voran, so dass ihn der König eines Tages unter vier Augen zu sprechen wünschte.

„Warum haben mich deine Mannen nicht angegriffen?" nahm der König seinen Sohn scharf ins Auge.

„Ihr seid unser Ziel nicht gewesen, Majestät. Nur Euer Heer sollte geschwächt werden, Euch wollten wir gefangen nehmen und Euch auf eines Eurer Landgüter verbannen."

„Wenn es dir gelungen wäre mich zu entführen und auf einem Landgut festzusetzen, wie wäre es dann weitergegangen?"

„Eure Königin wäre Euch gefolgt. Sie wünschte sich seit langem ein Leben ohne Krone und ohne Verantwortung. Ich wäre in Eurem Regierungspalast eingezogen und hätte mich von unserem Volk krönen lassen."

„So etwas hatte mir deine Mutter bereits angedeutet", gab Hadubrand zu. „Gute Besserung, Hildibrand", stand der Vater im Begriffe sich von seinem Sohne zu verabschieden, doch dieser hielt ihn mit den Worten zurück: „Majestät, was haltet Ihr davon, wenn ich mich mit Erdmute verehliche?"

Hadubrand versteckte ein gefälliges Lächeln, als er fragte: „Erdmute sitzt vor deiner Kammer, soll sie hereinkommen?"

„Ich bitte darum, Herr Vater", sagte er, und er staunte selber über seinen Mut, den König mit Vater anzusprechen.

„Liebe Erdmute", streckte der Prinz der jungen Gräfin seine Hände entgegen. „Ich danke dir für deine Geduld an meinem Krankenlager", beugte er sich vor um sie in den Arm zu nehmen.

Erdmute war ganz verlegen, als sie ihm anvertraute, dass sie ihn gemeinsam mit der Königin gepflegt hatte. „Das war doch selbstverständlich" fuhr sie fort. „Wir sind doch miteinander aufgewachsen und wenn ich so zurückdenke, dann fällt mir ein, dass du mir schon mehrmals das Leben gerettet hast..."

„So, wann war das denn?" unterbrach er sie lachend. „Es kommt mir nicht in den Sinn", griff er sich an die Stirn.

„Als ich in den Burggraben gefallen war und beinahe ertrunken wäre. Und dann später auf dem Rücken eines Pferdes, wo ich dir vor Angst in die Arme gefallen war.

Und als ich meiner Zofe weggelaufen war, blieb ich in einem Haselstrauch hängen. Du hast den Haselstrauch dann mit dem Schwert in Stücke gehauen."

Hildibrand und Erdmute lachten so laut, dass die Tür von außen geöffnet wurde und das Herrscherpaar hereinschaute.

„Dürfen wir erfahren, was euch so erheitert?" fragte der König und schaute auf die jungen Leute, die Hand in Hand nebeneinander saßen.

Als sie von Erdmute den Grund erfuhren, konnten sie sich dem Gelächter auch nicht entziehen.

„Majestät, Frau Königin", begann Hildibrand mit ernsten Worten. „In Eurem Beisein möchte ich Erdmute fragen, ob sie mich ehelichen möchte."

58

Er blickte Erdmute in die dunkelblauen Augen, die ihm in den letzten Wochen auf seinem Lager begleitet und nicht mehr losgelassen hatten, und er hoffte, sie würde seinen Antrag nicht ablehnen.

Erdmute nickte mit dem Kopf und hauchte: „Es ist auch mein Wunsch."

„Euer Verlöbnis werden wir im ganzen Land bekannt geben und unsere Freunde dazu einladen", entschied die Königin.

Die Verlobungsfeier war ein rauschendes Fest. Die Tische bogen sich unter dem Wildschwein- und Rehbraten, sowie den süßesten Früchten und den berauschenden Getränken.

Im Burghof fanden Ritterspiele statt, an denen Hildibrand nicht teilnehmen durfte, sein durch die Verletzung geschwächter Körper stand noch nicht in voller Blüte.

„Gräme dich nicht", ergriff Erdmute seine Hand. „In wenigen Wochen bist du wieder so kräftig, dass du dich mit deinen Freunden in einem Zweikampf messen kannst."

„Ich danke dir für deine mitfühlenden Worte, Erdmute, aber nun sollten wir uns ruhig verhalten, ich glaube der König möchte sich mit einer Rede unseren Gästen widmen."

Gebannt waren hunderte Augenpaare auf den Landesherrn gerichtet, der nicht nur ein gerechter Regent war, der sich auch mit seiner männlich ausdruckstarken Stimme, Gehör verschaffen konnte.

„In aller Öffentlichkeit beglückwünsche ich Hildibrand zu seinem Entschluss, die sanftmütige Erdmute zu freien. Erdmute hat bewiesen, dass sie einen verwundeten Krieger mit Willenskraft und Aufopferung wieder auf die Beine zu stellen vermag. Der Hitzkopf Hildibrand hat einen Denkzettel bekommen. Nach seiner Genesung hat er sich verändert. Er ist ruhiger und besonnener geworden. Er vertritt mich seit ein paar Wochen in meinen Amtsgeschäften. Er stellt sich sehr geschickt an, so wie ein angehender Monarch." Hier legte Hadubrand eine Pause ein und die anwesenden edlen Damen und Herren applaudierten. „Ich habe noch etwas zu verkünden", wandte sich der König, der Königin zu. „Was wünscht Ihr Euch für die Zukunft, Königliche Hoheit?" fragte er sie und tastete nach ihrer Hand. „Ich weiß es", ließ er sie nicht zu Worte kommen. „Ihr seid gewillt, mit mir auf meinem Landgut zu leben. Ich habe das Gut bereits für Euren Empfang herrichten lassen."

Stille trat ein. Ein paar Minuten verstrichen. „Ich danke Euch, Majestät", verbeugte sie sich vor dem König und schenkte ihm ein strahlendes Lächeln.

„Bedankt Euch auch bei Eurem Sohn. Im Anschluss an die Ehelichung wird er von mir eigenhändig gekrönt!"

„Hoch lebe der neue König!" riefen die Anwesenden im Saal, und Gutelinde flüsterte:

„Du Heimlichtuer", so dass, nur ihr Gatte sie verstehen konnte.

Hildibrand und Erdmute fanden vor Überraschung keine Worte. Sie fielen sich in die Arme und riefen wie aus einem Munde: „ Habt Dank, Majestät!"

# Das Geheimnis der leeren Seiten

Der Standesunterschied war so gravierend, dass es nie zu so genannten Mischehen kam. Es herrschten strenge Sitten, die sich der Adel selbst auferlegt hatte. Eine Vermählung zwischen dem Hoch- und Landadel war ausgeschlossen. Auch eine Bürgerliche zu ehelichen wäre einem Verbrechen gleich gekommen. Schließlich wurden die Titel von Generation zu Generation weiter vererbt. Ihr Ursprung konnte Jahrhunderte zurück verfolgt werden. Mit Hilfe der Dienerschaft, deren Arbeitskraft sie ausnutzten, gelang es ihnen ein ausschweifendes Leben zu führen. Tag und Nacht mussten sie den adligen Feudalherren zur Verfügung stehen.

Wer nachts neben dem Bett seines Dienstherrn eingeschlafen war, wurde mit Fußtritten traktiert und verprügelt. Von den Straßen und Wegen wurde das niedere Volk mit Peitschenhieben vertrieben, um den Aristokratischen Kutschen Platz zu machen.

Auch der Fürst und die Fürstin von und zu Kaulich, die im süddeutschen Raum ein Fürstentum von ihren Vätern geerbt hatten, lebten in Saus und Braus und ließen ein Gelage nach dem anderen folgen.

Fünfhundert Jahre lang hatten die Standesfürsten von Kaulich bereits residiert und im Jahre siebzehnhundertachtzig besaßen sie immer noch die Macht, ihre Untertanen zu unterdrücken und auszubeuten.

Jedoch Prinz Marvin, der soeben die Schlosstreppe hinab stürmte, so dass man es ihm ansah, dass er noch sehr jung war, schien für derartige Ausschweifungen und Standesdünkel kein Interesse zu zeigen. Der achtzehnjährige Spross der Adelsfamilie war der Liebling seiner Mutter, Fürstin Serafin.

„Marvin!" rief die Mutter.

„Hoheit?" bremste Marvin seinen rasanten Lauf, drehte sich langsam um, schaute nach oben und stellte fest, dass die Mutter nicht so lächelte wie sonst, wenn sie ihn zu Gesichte bekam, nein, ihre Gesichtszüge verrieten heute keine Regung.

Das verspricht nichts Gutes, dachte Marvin.

„Wo führt dich dein Weg hin?" wurde ihre Stimme schneidend.

Ihre sanften Töne, die ihn bislang begleitet hatten, schien er an diesem fünften August des Jahres siebzehnhundertachtzig zu vermissen.

Hat sie etwas entdeckt, überlegte Marvin fieberhaft.

„Ausreiten!" rief der junge Prinz, wandte sich ab und strich verlegen sein schulterlanges braunes Haar aus dem Gesicht.

„Sofort stehst du mir Rede und Antwort!" befahl Fürstin Serafin, eine brünette, zur Fülle neigende, vierzigjährige Frau, deren schwarze Augen den Sohn zu durchbohren schienen.

„Habe ich mir etwas zu Schulden kommen lassen, Hoheit? Ich kann mich keiner Schandtat entsinnen", versuchte er die Fürstin mit lächelndem Gesicht sanft zu stimmen.

„Was für eine Bewandtnis hat das Pergament?" hielt sie ihm ein Blatt Papier entgegen.

Prinz Marvin war zu jung, um sich so zu beherrschen, dass kein Erschrecken sichtbar war. Daher wandte er sein Gesicht ab und suchte rasch eine Antwort zu finden.

„Ich merke es dir an, dass du ein Geheimnis in dir trägst!" ließ die Mutter nicht locker.

„Hoheit, wie kommt Ihr zu diesem Papier?"

„Soeben ist es deiner Kleidung entfallen", antwortete die Mutter.

„Dann habe ich vergessen das Pergament in meinem Gemach abzulegen", tat Marvin leichthin ab und sprang die Freitreppe hinunter.

„Marvin, meine Güte ist nicht unendlich", grollte die Fürstin.

„Aber Hoheit, ein leeres Pergament ist doch kein Verbrechen", gab Marvin kleinlaut zurück.

„Ein Pergament hat keine Bedeutung, aber mehrere, die ich plötzlich in deinen Räumen finde, machen mich nachdenklich", blieb die Mutter standhaft.

„Ich weiß nicht wie die Papiere in mein Gelass gelangt sein könnten, Hoheit. Aber nun bitte ich Euch, mich nicht länger zurück zu halten."

„Reite nur zu deinen Freunden", entließ ihn die Mutter. „Aber wir sprechen uns noch", fügte sie hinzu und befahl der Dienerschaft das Hauptportal zu schließen.

Fürstin Serafin huschte behände in Ihr Gemach, warf sich in Männerkleidung, die sie sich heimlich von ihrer vertrauten Schneiderin hatte anfertigen lassen, steckte ihr dunkelbraunes Haar unter einen Helm, dem sie der Waffenkammer entnommen hatte und schlich sich aus dem Palast. Sie ging ganz ruhig hinüber zum Pferdestall und sattelte das schnellste Pferd. Nachdem das Pferd das Schlosstor im Schritt passierte hatte, ließ es die Fürstin galoppieren. Wenige Minuten später schon tauchte in ihrem Blickfeld Marvin auf, der im Sattel saß und auf ein Mädchen herabschaute, das ärmlich gekleidet am Erdboden sitzend, zu ihm aufblickte.

„Marvin neben der Gänsemagd", murmelte die Fürstin, zog ihr Pferd nach rechts hinüber und jagte an den beiden vorbei. Auf ihrem Rückweg, den sie im Bogen vollzog, kam ihr die blonde Kassandra, die neue Gesellschafterin, der Baronin von Telkom im Sattel sitzend, entgegen. Fürstin Serafin war sich sicher, nicht erkannt zu werden, so dass sie unbedenklich zum Schloss zurückreiten konnte.

„Kassandra und Marvin", formten ihre Lippen. „Die Post von Marvin für die Gespielin, Kassandra, wird von der Gänsemagd weitergeleitet. Ha!" rief sie laut vor sich hin. „Ein Wort von mir genügt und beide Verschwörerinnen verschwinden auf nimmer wiedersehen. Aber halt", unterbrach sie ihr Selbstgespräch. „Das wäre zu einfach. Die zwei Weibsbilder haben meinen Sohn behext."

„Der Reiter hatte es aber eilig", sagte die sechzehnjährige Kassandra, nachdem sie Marvin begrüßt hatte.

„Und das Pferd kam mir auch bekannt vor", stellte der Prinz fest. „Es steht in unserem Stall. Sollte mir ein Spion meiner Mutter gefolgt sein", erschrak Marvin. „Lass uns schnell unser Versteck aufsuchen", schlug er überhastet vor, und im Galopp sprengten Marvin und Kassandra auf einen Grünstreifen zu, wo sich hinter den Büschen eine Höhle befand, die Marvin erst vor ein paar Wochen zufällig entdeckt hatte.

„Alles scheint in Ordnung zu sein", sah sich Kassandra um.

„Wir werden unsere Spuren verwischen und uns alsbald wieder trennen", schlug Marvin vor und küsste Kassandra scheu auf den Mund. „Ich muss versuchen, das Schloss noch vor dem Ritter zu erreichen!"

„Und ich verschließe indessen den Eingang zur Höhle", gab sie ihm Bescheid, bevor er davon geritten war.

Während sich die Fürstin in schlankem Trab dem Palast näherte, ließ Marvin sein Pferd über die Felder und Wiesen des Baron von Telkom galoppieren, trotzdem glückte es ihm nicht, den Ritter zu überholen. Als er sein Pferd dem Stallburschen übergab, stellte er fest, dass das Pferd des Ritters bereits in der Box stand. Er hätte sich bei dem Burschen nach dem Ritter erkundigen können, aber ein Edelmann stellt den Dienstboten keine Fragen, er befiehlt ihnen. Somit zog er sich unzufrieden in sein Reich zurück und entließ seine Kammerdiener, die ihn zuvor entkleidet, gebadet und neu angekleidet hatten.

Fürstin Serafin entledigte sich ihrer Verkleidung und verschloss sie in einer der vielen Truhen, die in ihren Gemächern standen. Anschließend läutete sie. Ihre vier Leibzofen liefen herbei. Sie befahl ihnen, die Galakleidung hervorzuholen sie zu baden und anzukleiden. Und Gnade Gott den Zofen, die Fürstin hatte schlechte Laune, dann setzte es Hiebe.

Zum Abendgebet, betrat die Fürstin, im Kreise ein paar vertrauter Hofdamen, die Schlosskirche.

Nach der Andacht und dem Gebet entließ sie ihre Hofdamen und befand sich nun allein mit dem Priester hinter der Sakristei.

Priester Pankraz hielt der Fürstin seine rechte Hand entgegen und Serafin küsste den schweren Siegelring an seinem Zeigefinger.

„Ich muss Euch sprechen, Hochwürden", flüsterte sie.

„Meine Gebieterin", verbeugte er sich unterwürfig.

„Morgen in der zehnten Stunde sitze ich im Beichtstuhl", entschied Serafin und verließ in gemessenem Schritt die Kirche.

Marvin war am anderen Morgen sehr früh ausgeritten. Er überreichte der Gänsemagd einen Brief, den sie sofort befördern sollte.

Die Magd lief barfuß über Stock und Stein und eine halbe Stunde später schon ließ sich Kassandra aus dem Sattel ihrer Stute gleiten, warf sich in die Arme von Marvin und genoss seine Umarmung.

„Wir sind entdeckt worden. Der Ritter, den nur meine Mutter ausgesandt haben könnte, überquerte den Schlosshof und verschwand unerkannt irgendwo im Palast."

„Was sollte deine Mutter gegen mich einzuwenden haben?" schaute Kassandra dem Prinzen in die dunkelblauen Augen.

„Ihr Standesdünkel ist nicht zu brechen", entgegnete Marvin.

„Aber ich bin von Adel", beteuerte die Sechzehnjährige.

„Meine Mutter hat bereits zu den angrenzenden Königshäusern Kontakt aufgenommen. Für mich kommt nur eine Gemahlin aus königlichem Geblüt in Frage."

„Ich fürchte um unsere Liebe, nur weil ich nicht königlich von Geburt bin."

„Ich werde einen Weg finden", versprach ihr Marvin.

„Und ich werde uns mit Proviant versorgen, falls wir uns in der Höhle verbergen müssen."

„So soll es vorerst geschehen", stimmte Marvin zu. „Aber nun muss ich reiten, die Fürstin kann ungemütlich werden, wenn ihr Sohn am Frühstückstisch nicht erscheint."

„Wie verhält sich der Fürst dir gegenüber?" schaute sie Marvin fragend an.

„Meine Erziehung zum angehenden Regenten hatten die Mutter, die Lehrer und die Minister übernommen. Mein Vater, der Fürst, pflegt nur seine eigenen Interessen. Mich und meine vier jüngeren Geschwister duldet er zwar, aber ansonsten ist er halt nur im Kreise seiner Offiziere anzutreffen und ich glaube, auch mit seinen Mätressen beschäftigt. Aber wie soll es nun mit uns weitergehen?"

„Die Gänsemagd wird sich verkleiden, und in den Morgenstunden vor der Schlossmauer erscheinen, um eine Nachricht von dir entgegen zu nehmen", antwortete Kassandra.

„Du bist eine kluge Jungfer, liebe Kassandra", drückte er das Mädchen an seine Brust.

„Und du, gib Acht, dass dich deine Mutter nicht ins Ausland verbannt."

„Lass dich nicht durch trübe Gedanken kränken, Kassandra, sondern genieße diese Stunde."

Die Stunde war viel zu schnell verflogen. Kassandra war unglücklich heimgekehrt und Marvin

70

erschien noch zur rechten Zeit in den Räumlichkeiten in denen das Frühstück serviert wurde. Ein rascher Blick zu seiner Mutter hinüber, verriet ihm, dass sie nervös und hastig nach den Speisen griff, die ihr der Mundschenk mundgerecht vorgelegt hatte.

Als die zehnte Stunde eingeläutet wurde, erhob sich die Fürstin und deutete damit an, dass die Tafel aufgehoben war.

Prinz Marvin und der Fürst schauten überrascht auf, denn bislang hatte der Fürst zu bestimmen, wie lange getafelt wurde. Er hob den Kopf und warf durchdringende Blicke auf Serafin.

„Mich plagen Kopfschmerzen", presste sie gezwungen hervor. „In der Kühle der Schlosskapelle werde ich mich zurückziehen und mit Gott Zwiesprache halten."

„Gute Besserung, Gemahlin, und möge Gott Euch Genesung und Entspannung schenken", bemerkte der Fürst und fügte nebenbei hinzu, dass er mit den anwesenden Herrschaften und seinen fünf Kindern an der Tafel sitzen bleiben und weiter speisen würde.

Im Beichtstuhl wurde die Fürstin von dem fünfzigjährigen Priester bereits erwartet, der nach ihrem Eintritt, die Kirche sofort abschloss, um nicht überrascht zu werden.

„Ich habe ein leeres Blatt mitgebracht", überreichte sie ihm das Papier.

„Ein paar Schriftzüge sind zu erkennen. Ich
werde das Papier über die Flamme einer Kerze
halten. Was ist das!" fuhr er entsetzt zurück.
„Das Papier hält der Flamme stand. Nur die
Schriftzüge verbrennen. Das ist Teufelswerk. Ihr
habt recht, meine Gebieterin. Ein Hexenkult wird
in Eurem Fürstentum getrieben. Dem müssen wir
radikal entgegenwirken und ausmerzen. Woher
stammt das Papier, Fürstin?"

„Aus den Räumen meines Sohnes, Prinz Marvin."

„Dann sehe ich Euren Sekretär in der Schuld, mit
Hexen im Bunde zu stehen."

„Unser Sekretär ist schuldlos, er benutzt nur
glattes Papier ohne Zeichnung", betonte Serafin.

„Ihr sprecht die Wahrheit, Hoheit, in diesem Pergament sind mehrere Zeichen eingraviert. Ich
weiß von meinen Brüdern aus dem Kloster, dass
jenseits der Alpen ein Adelsgeschlecht residiert,
das solche Zeichen in ihrem Pergament führt."

„In welcher Beziehung sollte Marvin wohl zu dem
Adelsgeschlecht jenseits der Alpen stehen? Ich
wüsste da keine Verbindung", überlegte die
Fürstin.

„Durch Hexerei", behauptete Priester Pankraz. „Die beiden Weibsbilder auf dem Hofe des Freiherrn von Telkom haben das Papier aus Österreich herbeigezaubert."

„Und Marvin mit irgendwelchen Zaubersprüchen eingefangen", erblasste die Adelsfrau.

„Wir müssen uns der Gänsemagd versichern, sie scheint mir die Oberhexe zu sein, denn sie beherrscht die Kunst der Hexerei, indem sie sich als Gänsemagd verdingt. Obwohl sie mit ihrer Hexenkunst ein wohlhabendes Leben führen könnte, liegt es ihr im Blute, der Hexerei zu frönen."

„Befindet sich Prinz Marvin in Gefahr, Hochwürden?" streckte die Fürstin ihre Hände aus, als ob sie den Priester ergreifen und die Antwort aus ihm herausschütteln wollte.

„Er befindet sich bereits in Gefahr. Wie ich von Euch erfahren habe, Hoheit, reitet der Prinz täglich zu den Hexen, was ich schon als verhext bezeichnen würde. Aber wenn wir schnellstens eingreifen, wäre die Gefahr, in der er sich befindet, auch sehr schnell wieder gebannt."

„Welchen Weg sollten wir einschlagen, Hochwürden? Eure Hilfe werdet ihr mir gewiss nicht verwehren", ergriff die Fürstin seine Hände und fügte hinzu, dass es seine Pflicht sei, als Diener

Gottes, den Teufel, aus dem Leibe der Hexe, auszutreiben und ihren Sohn zu retten.

Fürstin Serafin lenkte selber, als Ritter verkleidet, die Kutsche, in der der Priester saß, im Gebet vertieft, die Hexenjagd zu beginnen.

Die junge, fünfzehnjährige Magd lag ausgestreckt in einer Mulde und wartete darauf, dass die Kutsche vorüberfuhr. Aber als die Kutsche anhielt, hob sie langsam den Kopf.

Gänse sind sehr wehrhafte Tiere und wachsamer als ein Hofhund. Vor allem ein Gänserich ist ein mutiger Kämpfer, der jeden angreift, den er nicht kennt. Und der Priester, der soeben die Kutsche verließ, war ihm fremd. Und die Kutte des Priesters schien nicht nur einem, sondern allen acht männlichen Gänsen, die sich in der Herde befanden, zu reizen. Sie hoben die Köpfe, streckten die Hälse lang, stießen Schreie aus und jagten mit ausgebreiteten Flügeln auf Pankraz zu.

„Die Gänse, Hochwürden!" rief die Fürstin, die auf dem Kutschbock saß.

„Die Hexe hat sich in Gänse verwandelt und sich vermehrt. Sie will sich mir entgegen stemmen. Aber es wird ihr nicht gelingen. Selbst wenn sie sich in hunderte Gänse verzaubert, mit dem Kruzifix werde ich sie in die Finsternis verbannen! Das Fegefeuer soll dich verbrennen! In die Hölle mit dir, du achtfache Hexe!" rief der Priester und hielt den anstürmenden Gänsen das Jesuskreuz entgegen.

Die Ganter flogen auf ihn zu, kreisten ihn ein, bissen ihm in die Beine, schlugen mit den Flügeln so schmerzhaft auf ihn ein, dass er das Kreuz fallen ließ und sich in den Schutz der Kutsche flüchtete. „Rasch fort, Hoheit, bevor mich die achtfachen Hexen zerfleischen", hauchte Pankraz und verzog schmerzhaft sein feistes rotwangiges Gesicht, dem man ansah, wie gut ihm die tägliche Weinflasche zu munden schien. Mit zerrissener Beinkleidung und Blutergüssen an den Beinen humpelte er in sein Pfarrhaus.

Bevor die Schande an die Öffentlichkeit gelangt, beschloss die Fürstin, den Priester, sofort vom Hofe zu entfernen. Ihr Geheimdienst würde das heimlich still und leise in der kommenden Nacht erledigen.

Kassandra und Marvin, die sich in der Höhle aufhielten, hatten das Geschrei der Gänse mitbekommen. Sie schlichen vorsichtig heran und ließen das Schauspiel auf sich wirken. Erst als die Gänse den Priester in die Flucht geschlagen hatten, brachen sie in Gelächter aus, dem sich die herbeigeeilte Gänsemagd ebenfalls anschloss.

„Was hat das Jesuskreuz zu bedeuten?" Nachdem sich die jungen Leute wieder beruhigt hatten, hielt die Gänsemagd das Kreuz in die Höhe, das der attackierte Priester hatte fallen lassen.

Nach Minuten langem Schweigen, war sich Marvin sicher, dass ein Priester, mit einem Kreuz in der Hand, einer Hexe den Hexenwahn austreibt.

Die Mädchen erblassten.

„Du, eine Hexe, liebste Freundin", empörte sich Kassandra. „Wenn deine Mutter dahinter steckt", wandte sie sich Marvin zu. „Sehe ich mich gezwungen..."

„Aber Kassandra was redest du da", fuhr Marvin in die Höhe. „Meine Mutter!? Niemals. Sie liebt ihren Sohn..."

„So sehr, dass sie vor nichts zurückschreckt! Saß sie nicht auf dem Kutschbock?"

„Das war der Ritter, der uns bereits vor Tagen begegnet war", betonte Marvin.

„Ich werde eine Zusammenkunft mit dir in den nächsten Tagen meiden", schlug Kassandra vor.

„Und wie soll es danach weitergehen?" ergriff Marvin ihre Hände und schaute ihr tief in die samtbraunen Augen.

„Mir wird etwas einfallen, geliebter Marvin. Wenn wir zusammenhalten kann uns keine Macht trennen. Du wirst bald erfahren wie ich unser Problem löse", verabschiedete sie sich von Prinz Marvin, bestieg ihr Pferd, und mit Hilfe der Gänsemagd trieb sie die Gänseschar in den Hof des Freiherrn von Telkom.

Seit ein paar Tagen war sich die Fürstin sicher, dass Marvin sein Interesse an Kassandra verloren hatte. Er hielt sich nur im Schloss auf, das erfreute ihr Mutterherz, aber ihre Freude wurde gedämpft, als sie eine Einladung von der Baronin Telkom erhielt.

„Ich bin leider unpässlich und muss ablehnen", sagte sie und verzog leidend ihr Gesicht.

„Das betrübt mich sehr, verehrte Gemahlin. Meine fünf Kinder und ich werden Euch bei der Baronin vermissen, aber die Baronin wird für Euer Leiden sicherlich Verständnis zeigen", betonte der Fürst.

„Mag der Herrgott mir bis dahin wieder Gesundheit bescheren", lenkte Serafin ein.

„Der neue junge Priester wird Euch gewiss seinen Beistand nicht versagen, liebste Serafin", lächelte der Fürst.

Und Gott war so gnädig, der Fürstin am Tage der Einladung, blühende Gesundheit zu schenken.

Niemand sah es der Fürstin an, dass es ihr heiß und kalt über den Rücken lief, als sie erfuhr, wer die vier Personen waren, denen sie bei der Vorstellung die Hand schüttelte.

„Kassandra, Prinzessin von Breitwitz, die Gesellschafterin der Baronin", schmunzelte Freiherr von Telkom.

„Komtess Sylvia von Wendorf, die Gänsemagd", lachte der Baron lauthals, seine Gattin und die Gäste schlossen sich dem Gelächter an. „Die Oberhexe", dachte die Fürstin und ließ sich von der lachenden Gesellschaft mitreißen.

„Prinz und Prinzessin von Breitwitz. Die Eltern von Kassandra. Ihre Wurzeln sind im Wiener Hochadel zu finden. Sie sind verschwägert mit der K. und K. Monarchie."

Fürstin Serafin bewahrte Haltung. Neben dem Wiener Adel würde sie sich keineswegs verstecken. Sie würde die Fassung nicht verlieren, was sie auch noch zu hören bekommen sollte.

Als die edle Herrschaft an der Tafel saß und die gereichten Speisen genoss, erfuhr die Fürstenfamilie von Kaulich, dass Baron Telkom dem Prinzen von Breitwitz, auf dem Schlachtfeld, im Krieg gegen die Franzosen, das Leben gerettet hatte.

„Und ich wollte meinen Eltern beweisen, dass eine Wienerin auch auf dem Lande leben kann", erzählte Prinzessin Kassandra. „Baronin Telkom hat mich herzlich empfangen und mich ihre Gesellschafterin genannt."

„Und mir hat es Spaß bereitet, Gänse zu hüten, die mich vor Angreifer beschützten, wie ich selber erfahren musste", lachte Komtess Sylva und alle lachten mit.

„Was für ein reizender Einfall, Prinzessin Kassandra", flötete Fürstin Serafin. „Im Namen meines Sohnes Prinz Marvin lade ich die anwesenden Damen und Herren zu einem Gegenbesuch ein. Die schriftliche Einladung erfolgt am morgigen Tage."

„Der Einladung stimmen wir gerne zu, nicht wahr", sagte Prinz Breitwitz und seine Tochter Kassandra nickte errötend mit dem Kopf, so dass ihr blondes Haar in ihr Gesicht fiel, aber den freudigen Ausdruck in Marvins Augen konnte sie noch erkennen.

# Im Bannkreis der Zauberin

Göttervater Wotan, der Donnergott Donar und die Liebesgöttin Freya lenkten die Geschicke der Germanen, aber auch die Hexen und Zauberer gehörten in der heidnischen Zeit zum Alltag der Menschheit. Die Götter wurden um Hilfe gebeten. Hexen und Magier versuchten zwar sehr oft den gutgläubigen Leuten einen falschen Zauber vorzugaukeln. Was ihnen mitunter auch gelang, aber nur die gütige Fee besaß die Gabe, wirklich gute Taten zu vollbringen.

Die Menschen fürchteten die Götter, vor allem den Donnergott Donar, der mit Gewitter und Blitze die Menschen erschreckte und ihnen mit einem Unwetter bewies, dass in ihm eine unbändige Macht steckte. Um den Donnergott friedlich zu stimmen, beteten sie ihn unter einer Eiche an. Die so genannte Donareiche war ein Versammlungs- und Gebetsort. Unter dieser Eiche sanken Männer, Frauen und Kinder in die Knie und flehten: „Donnergott Donar verschone unser Haus und zünde es nicht an."

Winfrid Bonifatius, ein von Papst Gregor dem Zweiten, abgesandter Priester, der die germanischen Völker missionieren sollte, ließ sämtliche Donareichen in den Jahren 672/73, nach Christi Geburt, fällen, wobei er manchmal auch selbst

Hand anlegte. Und mit dem Kirchenbau konnte begonnen werden, für den Gott, den wir heute noch anbeten.

Göttervater Wotan hingegen war der gütige Weltenherrscher, ihm schickten die Germanen Dankgebete gen Himmel, wenn es ihnen gut ging, wenn sie Jagderfolg hatten und wenn er Krankheiten von ihrem Hause fernhielt. Göttin Freya, die die Zauberkünste beherrschte, legte mitunter ein Geschenk in die Wiege des Kindes, das in späteren Jahren gute Taten vollbringen sollte.

Selbst Jugendliche oder Erwachsene, die sich vorbildlich entwickelten, stattete sie mit außergewöhnlichen Begabungen aus.

Die fünfzehnjährige Dareida und der siebzehnjährige Afrat hatten unter der Donareiche ihre Gebete an die Götter gesandt. Nach dem Gebet wandte sich Dareida Afrat zu. „Was hast du heute vor?" schaute sie dem Jungen in die braunen Augen.

„Ich gehe zur Saale hinunter", antwortete Afrat so wortkarg, dass es Dareida hätte auffallen müssen, wie ablehnend er sich heute ihr gegenüber verhielt.

„Kann ich dich begleiten", strahlten ihre blauen Augen den Knaben sanftmütig an, so als ob sie seine Ablehnung nicht zu bemerken schien.

„Das ist unsittlich. Knaben gehören zu Knaben und Jungfern sollten sich nur zu Jungfern gesellen, hat meine Mutter immer zu mir gesagt", versuchte er das Mädchen von sich fern zu halten.

„Meine Mutter spricht auch stets davon, aber ich antworte ihr dann immer, dass ich auf dem Weg, der mich zu Jasmina führt, dich begegne und wir uns dann plaudernd vom Dorf entfernen. Aber sobald wir bemerken, dass wir zu weit gelaufen sind, kehren wir rasch ins Dorf zurück. Ich weiß, dass Gefahren auf uns lauern, aber ich fürchte mich nicht. Du bist mein Beschützer", trat Dareida nah an Afrat heran und ergriff seine Hand.

„Vor Räuberbanden und fremden Kriegshorden kann ich dich nicht beschützen", schritt der blonde Junge kräftig aus.

„Dann müssen wir halt weglaufen", wusste Dareida zu erwidern.

„Mädchen können nicht so schnell laufen wie Knaben", gab Afrat zurück.

„Lass uns um die Wette laufen. Mal sehen wer von uns beiden der Schnellere ist", schlug Dareida vor.

„Für den Fischfang brauche ich einen ruhigen Atem", lehnte Afrat ab.

„Ich werde meiner Mutter auch ein paar Fische mitbringen", freute sich die brünette Dareida und hielt seine rechte Hand immer noch fest.

Afrat wehrte sich, wollte ihre Hand abschütteln, was ihm jedoch nicht gelang.

Er glaubte, dass er an Dareida angekettet sei. Es fühlte sich nicht so wie gefesselt oder geknebelt an, nein, sondern weich und wohltuend, wie auf Wolken schwebend, so, dass er dem Mädchen willenlos folgen musste. Sie hat mich behext, ging es ihm durch den Sinn. Sobald sie seine Hand ergriff war er ihr wehrlos ausgeliefert. Das hatte Afrat schon vor ein paar Jahren festgestellt und sich geschworen, dem Mädchen aus dem Wege zu gehen. Dennoch war es ihm nie gelungen, sich von Dareida zu befreien. Jedoch nur bis zu dem Tage, an dem er glaubte, dass Dareida eine Hexe sei.

„Lass uns bis zu den Knien in den Fluss steigen", setzte Dareida ihre nackten Füße ins Wasser.

Im zehnten Jahrhundert vor Christi gab es noch kein Schuhwerk, sondern nur mit Tierfellen umwickelte Füße. Bis in den Herbst hinein liefen die Kinder barfuß herum. Die Kleidung bestand aus Fellen, der Tiere, die sie mit Pfeil und Bogen oder mit einem Speer erlegt hatten. Die Haut der geschlachteten Haustiere wurde gleichfalls zu

Kleidungsstücken verarbeitet. Münzen waren inzwischen als Zahlungsmittel in Umlauf.

Die Priester beherrschten bereits die Schreibkunst.

Dareida und Afrat gehörten zu den wohlhabenderen Familien der Ortschaft Merseburg an der Saale.

Afrats Vater war Metzger. Er zerlegte die Wildschweine, Hasen, Rehe, Bären und Hirsche für die Dorfbewohner, wenn sie von der erfolgreichen Jagd nach Hause kamen und seine Dienste in Anspruch nahmen.

Manche geleistete Arbeit wurde mit Naturalien bezahlt. Ansonsten bezahlten die Bürger, die Münzen besaßen, ihre erworbene Ware mit Bargeld. Der Tauschhandel florierte ebenso, wie der Geldverkehr. Aber wenn ein Dorfbewohner den andern betrog, wurde er von Dareidas Vater, der das Amt des Richters innehatte, zu Strafarbeiten oder zu einer Geldstrafe verurteilt. Dareidas Vater war nicht nur Richter sondern auch Ortsvorsteher und Polizist in einer Person.

Die Häuserbauer, Dachdecker, Schneider und noch einige andere Handwerker, bauten sich ein Haus aus Baumstämmen, dichteten die Wände mit Lehm ab und bedeckten das Dach mit Schilfrohr.

Im Haus wurde der Boden mit Lehm festgestampft, so dass er mit einer Weidenrute gesäubert werden konnte. In dem Gebäude lebten Mensch und Haustier gemeinsam nebeneinander, wie etwa Ziegen, Schafe und Rinder. Die Körper dieser Tiere wirkten wie Heizkörper, die den Menschen in den kalten Nächten Wärme spendeten. Zumeist bestand so ein Haus aus einem einzigen Raum, ohne Fenster. Die Haustür war die einzige Lichtquelle. Ein aus Lehm gefertigter Ofen zum Kochen, spendete zwar etwas Wärme aber auch ungesunde Rauchschwaden. In der Dunkelheit zündeten sie Fackeln aus kienhaltigen Tannenzapfen an. Nur das Haus des Ortsvorstehers hatte mehrere Räume.

Viele Dorfbewohner lebten in primitiven Hütten, so dass der Wind durch die Ritzen pfiff. Die mit Reisig abgedeckten Dächer wehte der Sturm sehr oft fort.

Einige Bewohner waren mit dem Sammeln der Waldbeeren, der Kräuter und der essbaren Pflanzen und Früchte beschäftigt, die ihnen die Natur schenkte.

Dareida und Afrat standen an diesem warmen Sommertag indessen in der Saale und schauten bis auf das Kiesbett des Flusses hinab.

„Wie die Fische herbei schwimmen!" rief der Junge.

„Es kitzelt. Sie knabbern an meinen Füssen", lachte Dareida.

Afrat staunte und schüttelte verwundert den Kopf. Als er ins Wasser griff und feststellte, dass die Fische nicht wegschwammen, schaute er Dareida mit großen fragenden Augen an. „Das ist ja Zauberei!" entfuhr es ihm.

„Mit deinen braunen Augen funkelst du mich so komisch an", sagte Dareida.

„Greif lieber zu, wirf ein paar Fische an Land, bevor sie wieder wegschwimmen."

Als sich unzählige Fische um Dareida geschart hatten, so dass die Kinder sich die größten auswählen konnten, lief ein kalter Schauer dem Jungen über den Rücken. Sie hat nicht nur mich behext, sondern auch die Fische, war er sich sicher, und da in der heidnischen Zeit das Zauberer-und Hexenwesen gedieh und fleißig praktiziert wurde, herrschte auch die Angst unter den Menschen, dem Hexenzauber zum Opfer zu fallen.

Ich muss Dareida aus dem Wege gehen, überlegte Afrat. Sobald ich in ihren Bannkreis trete, kann ich mich nicht mehr ihrer Macht entziehen. Dass ich mich keinem Menschen anvertrauen kann, weiß ich, dachte Afrat. Dareidas Vater ist der mächtigste Mann im Dorf. Er würde mir keinen

Glauben schenken, sondern mich Verleumder nennen und bestrafen.

„Wie werden sich meine Eltern und Geschwister über die Ausbeute freuen", frohlockte Dareida und betrachtete die Fische, die sie im Arm hielt.

„Bei uns Zuhause ist dann auch eitel Sonnenschein", gab Afrat zu.

Aber sein gepresster Tonfall gefiel dem Mädchen nicht. „Bist du mit deinem Fang nicht zufrieden?" trat sie nah an ihn heran.

„Die Ausbeute ist reichlich", nickte Afrat mit dem Kopf und rückte ein wenig von Dareida ab. „Ich frage mich nur wie das möglich ist, dass sich die Fische ohne Gegenwehr haben fangen lassen."

„Darüber mache ich mir keine Gedanken. Oder denkst du etwa..." hob sie den Kopf und ihre dunkelblauen Augen schossen Blitze auf den Jungen. „Ich bin eine Hexe?!"

„Nein, nein", wehrte er ab. „Wir sollten uns dennoch vorerst nicht mehr treffen. Das ist unsittlich!" rief Afrat und lief über den ausgetretenen Pfad auf sein Elternhaus zu.

„Du bist gemein! Ich will dich nicht mehr sehn!" traten Tränen in Dareidas Augen und schniefend betrat sie den Pfad der zu ihrem Elternhaus führte.

Für Afrat und Dareida hatte der Tag im Wasser an der Saale schicksalhafte Folgen.

Einige Monate waren sie sich aus dem Weg gegangen, bis ein Frühlingstag des nächsten Jahres, schönes Wetter ankündete.

Dareida war inzwischen sechszehn Jahre alt geworden und Afrat näherte sich seinem achtzehnten Geburtstag.

„Frau Mutter", hatte sich Afrat seiner Mutter zugewandt, der er bereits über den Kopf gewachsen war, „heute lockt mich der erste warme Sonnenstrahl aus dem Haus. Ich werde mich zur Saale hinunter begeben und schauen ob noch ein paar Eisschollen den Fluss hinab fließen."

Die Mutter hatte gelächelt und zustimmend genickt. Doch das hatte Afrat nicht mehr mitbekommen. Er war aus dem Haus getreten, hatte nach links und rechts geschaut, an die Bäume vorbei, die auf dem elterlichen Grundstück standen. Die Häuser der Nachbarn lagen zerstreut, mit größerem Abstand voneinander entfernt. Als Afrat den Weg zum Saaleufer betreten hatte vernahm er Hufgetrappel. „Die Wildpferde kommen!" rief er jauchzend aus, und im Eilschritt lief er der Herde entgegen. Wenn es mir nur gelingen würde ein Pferd einzufangen, dachte Afrat. „Der Rappe hat Feuer", sprach er vor sich hin. Ganz vorsichtig, leise auftretend, näherte er sich der Herde, die am Ufer ihren Durst stillte.

Jahr für Jahr waren die Pferde von Weideland zu Weideland gezogen und hatten in der Saale ihren Durst gestillt, aber nie war es Afrat gelungen ein Pferd einzufangen. „Heute muss es gelingen", ballte Afrat die Fäuste.

Dareida hatte die wärmende Sonne ebenfalls aus dem Haus gelockt. Ihre Schritte führten sie gleichfalls zur Saale hinunter. „Afrat bei den Pferden", entfuhr es ihr. „Sie könnten ihn erschlagen", flüsterte sie. „Ich muss ihn warnen. Zu spät, er sitzt schon auf dem Rappen. Oh Wotan", flehte sie Gott an.

Der Rappe hatte sich wiehernd aufgebäumt, die Herde war losgaloppiert, und Afrat, der auf dem Wildpferd saß, galoppierte hinterher. Noch keine Minute hatte der Ritt gedauert. Das Pferd war gestürzt. Ross und Reiter lagen stöhnend am Boden. Afrat stieß vor Schmerz einen Schrei aus und griff mit der Hand nach seinem Bein.

Dareida lief so schnell sie konnte zu Afrat und dem am Boden liegenden Pferd.

„Sose benrenki, sose bluotrenki, sose lidirenki: ben zi bena bluot zi bluoda lid zi gelinden, sose gelimida sin!"

„Die Knochen werden eingerenkt. Das Blut fließt wieder durch das Bein. Es gehört nun wieder Bein zu Bein, Blut zu Blut und Glied zu Glied, so dass sie wieder gelenkig sind."

Nach diesem Merseburger Zauberspruch, hatten sich das Pferd und der Jüngling wieder erhoben. Das Pferd begann zu grasen. Es war gezähmt.

„Du bist doch eine Hexe", brauste der Junge auf. „Mein Beinbruch ist zwar wieder geheilt, aber ich bin nicht glücklich darüber, weil du mir verschwiegen hast, dass du eine Zauberin bist."

„Davon hatte ich bis heute keine Ahnung. Erst als ich dich mit dem Pferd am Boden liegen sah, zwang mich eine unsichtbare Macht, diesen Zauberspruch auszusprechen. Du kannst mir doch nicht böse sein, dass mir die Götter die Fähigkeit geschenkt haben, Krankheiten zu besprechen..."

„Kannst du mir versprechen, dass du nur Krankheiten heilen kannst, dass du nichts Böses im Schilde führst?"

„Das weiß ich nicht", antwortete Dareida, mit Tränen in der Stimme. „Du musst mir vertrauen, Afrat. Du kennst mich doch von Kindesbeinen an."

„Aber was in dir schlummert, ist mir unbekannt. Ich danke dir für die Heilung und die Zähmung des Rappen."

„Soll denn unsere Freundschaft so enden, Afrat?"

„Wir werden uns nur im Beisein der Dorfbewohner begegnen, und jede Zweisamkeit vermeiden."

„Aber ansprechen darf ich dich doch noch?" versuchte Dareida Afrats Hand zu ergreifen.

Der Junge wich sofort zurück.

„Was hast du, bin ich dir so zuwider?"

„Das ist es nicht, Dareida, Ich fühle mich an deiner Hand immer so hilflos, so gefesselt, nicht so stark, wie ein Mann sein muss."

„Afrat, du bist nun achtzehn Sommer alt und ein großer und richtiger Mann geworden."

„Und wenn ich in ein paar Monaten den Rappen zugeritten habe, werde ich mein Elternhaus verlassen und in die Welt hinausziehen."

Dann ist er für mich für immer verloren, dachte Dareida. „Ich werde mich stets an die schöne Zeit unserer Kindheit erinnern", kam es bebend von Dareidas Lippen und im Laufschritt wandte sie sich ihrem Elternhaus zu.

Es geschah nun nichts mehr Weltbewegendes in Merseburg an der Saale.

Afrat, der das Metzgerhandwerk von seinem Vater erlernt hatte, musste jeden Tag im Schlachthaus mitarbeiten. Und wenn sein Vater im Nachbardorf zum Schlachten gerufen wurde, war Afrat der Chef in der Schlachterei. In seiner freien Zeit galoppierte er auf seinem Rappen durch Wald, Feld und Flur.

Aber die Zeiten waren unsicher, feindliche Heerscharen näherten sich von Norden her dem germanischen Reich. Das war auch in Merseburg bekannt.

Die Kriegszüge der Jütländer, Kimbern und Teutonen, die ganz Europa überzogen hatten, rückten auf germanischem Boden immer weiter vor. Sie stampften alles nieder, mordeten und brandschatzten. Um ihr Heer zu erweitern, rekrutierten sie die jungen Männer, die sie in dem eroberten Land, habhaft werden konnten.

Der Ortsvorsteher, Dareidas Vater, hatte früh genug ein großes Haus im nahen wildwuchernden Wald errichten lassen und mit Lebensmittel und Wasser versorgt. Der schmale Pfad, der zu dem Haus führte, wurde mit Strauchwerk verschlossen, so dass der Eingang von außen nicht zu erkennen war. Als der Kriegslärm der anrückenden militärischen Einheit immer näher kam, suchten die Merseburger in diesem Versteck Zuflucht.

Während Dareida vor dem Haus saß und sich auf die fernen Geräusche konzentrierte, hatten die

Merseburger Bürger in dem Waldhaus Platz genommen.

Fußgetrappel und Männerstimmen waren deutlich zu vernehmen. Sie wurden von Minute zu Minute lauter. Eine Zeit lang hielten sie inne. Es wurde beängstigend still, bis an Dareidas Ohren befehlende Worte drangen, die sie nicht zu deuten wusste, daher glaubte sie, dass sich der Feind auf das Dorf stürzen würde. Sie lauschte angespannt, hörte jedoch nur, dass die Stimmen immer leiser wurden, so leise, dass sie nicht mehr zu hören waren.

Eine Nacht hatten die Merseburger in ihrem Versteck zugebracht. Als sie am anderen Morgen wieder ihr Dorf betraten, trauten sie ihren Augen kaum. Die Häuser standen auf ihrem Platz und die Haustiere lagen vor dem Haus.

Die Kompanie hatte ihr Dorf verschont. Afrat war zwar glücklich darüber, dass ihm seine Heimat erhalten geblieben war, aber er kam damit nicht klar, dass Dareida eine Zauberin war.

„Den Sinneswandel der Soldaten, die vor unseren Toren standen, haben wir doch nur dir zu verdanken", zischte er und drehte seinen Kopf zur Seite.

„Ich habe nichts gesagt", gab ihm Dareida Bescheid. „Ich hatte mich nur in Gedanken auf unser Dorf konzentriert."

„Ich muss reiten, nachschauen welche Richtung sie genommen haben, oder ob sie zurückkehren", war Afrat kurzangebunden.

„Du begibst dich in Gefahr, Afrat. Bleib", streckte sie ihm ihre Hände entgegen.

„Um mich dir hilflos auszuliefern", wehrte Afrat ab.

„Du läufst den Feinden in die Arme."

„Wenn schon", tat er ihren Einwand mit einer Geste ab. „Ich werde mich mit Pfeil und Bogen und einem Speer bewaffnen und kämpfen."

„Gegen die Übermacht", lachte Dareida unter Tränen und schaute zu, wie sich Afrat bewaffnete, das Pferd bestieg und aus dem Dorf galoppierte. „Afrat", hauchte sie und hob ihre Hände gen Himmel. „Oh Wotan, er stürmt in sein Verderben."

Der Abend senkte sich auf Merseburg herab und Dareida hielt nach Afrat Ausschau. Er war auch später, als Dareida mitten in der Nacht vor dem Ortseingang Wache hielt, nicht aufgetaucht.

Seine Mutter hatte sich zu Dareida gesellt, und gemeinsam bangten sie die ganze Nacht, um Afrat. Seine Mutter unterhielt sich leise mit Dareida und erzählte ihr, dass sein Vater fürchterlich getobt hätte und dem Jungen Prügel angedroht hatte.

Viele Monate hatte sich Dareida um Afrat gesorgt, eines Tages nahm sie Abschied von ihren Eltern, die zwar gegen ihren Plan stimmten, aber unter der Donareiche, schwor sie den Eltern, sich nicht bewusst in Gefahr zu begeben, und Wotan und Freya bat sie um göttlichen Beistand.

Dareida verspürte keine Müdigkeit. Selbst nach tagelangem Fußmarsch, bei hellem Sonnenschein, kam sie gut voran.

Erst nach Sonnenuntergang bereitete sie sich ein Lager aus Luchs-und Biberfellen und schlief sofort ein. Erfrischt, und nach einer Mahlzeit aus gedörrtem Rindfleisch, machte sie sich erneut auf den Weg. Auch am heutigen Tage hielt sie Ausschau nach Afrat. Am späten Nachmittag erblickte sie eine Staubwolke, die von Minute zu Minute größer wurde.

Dareida nahm Deckung hinter einem dichten Gebüsch und ließ die Ankömmlinge vorüberziehen. „Afrat", zitterten ihre Lippen. Ihr Herz klopfte wild, als sie erkannte, dass sich Afrat als Gefangener in ihrer Mitte befand. Auf seinem Rappen saß ein baumlanger Heerführer, der die Hand hob und den Befehl zum Lagern gab.

Die Männer schlugen ein paar Zelte auf, aßen ihr Dörrfleisch, nahmen den gefesselten Afrat in ihrer Mitte und versorgten ihn ebenfalls mit Nahrung.

Bevor die Sonne am Horizont unterging, kroch Dareida vorsichtig an das Lager heran, so dass sie Afrat sehen konnte, der gegen einen Baumstamm gelehnt sein Fleisch verzehrt hatte und erneut gefesselt wurde.

„suma hapt heptidum, suma heri lezidun, suma clubodun umbi cuoniouuidi: insprinc haptbandum, inuar uigandun!"

„Ich hefte meine Blicke auf die Feinde und sage: ihr seid bewegungslos. Zu den Fesseln sage ich: löst euch. Zu dem Gefangenen sage ich: steh auf, fliehe vor deinen Feinden."

Nach diesem geflüsterten Merseburger Zauberspruch lag die ganze Armee schlafend am Boden, Afrat schaute erstaunt auf seine Hand−und Fußgelenke. „Ich bin frei!" flüsterte er. „Und meine Feinde?" blickte er um sich, „die sind ausgeschaltet."

„Dareida!" rief er.

„Afrat!" mit dem Namen ihres Freundes auf den Lippen, stürzte sich, das inzwischen achtzehn

Jahre alte Mädchen, in die Arme ihres zwanzig-
jährigen Freundes.

Afrats Rappe war herbei getrabt und stupste die
jungen Leute an, die sich in den Armen lagen und
Küsse tauschten.

„Du bist doch eine Hexe! Aber eine zauberhafte!"
jubelte Afrat.

Und Dareida, die Afrat von hinten, auf dem ga-
loppierenden Pferd sitzend, umschlugen hatte,
rief: „Mit dir möchte ich in den Himmel fliegen!"

Und wie von Gott Wotan getragen, flogen sie auf
dem Rücken des Rappen ihrer Heimat Merseburg
entgegen.

# Die Belau Saga

Der im Jahre 1903 in Düsseldorf geborene Fritz Belau, schloss sich 1923 der Besiedelung Ostpreußens an, dem historischen Gebiet, das zwischen dem Fluss Weichsel, und dem Fluss Nogat liegt, und das 1525 vom Deutschen Orden gegründet wurde.

Dieses schöne Land, die so genannte Kornkammer Deutschlands, wurde im Osten durch den feinsandigen Strand der Ostsee, im Norden von den Ländern, Estland, Lettland, Litauen und Polen, abgegrenzt.

Die kaum mehr als zwei Millionen Menschen lebten zum größten Teil von Ackerbau und Viehzucht und von großen Pferdeherden, den so genannten Trakehnern.

Nach dem Ersten Weltkrieg sollte der Straßenbau, der im Argen lag, voran getrieben werden. Selbst die Elektrizität war noch längst nicht überall präsent.

Die dörflichen Gegenden lagen des Nachts im Dunkeln. Nur in den Wohnstuben brannten Petroleumlampen.

Ledige, handwerklich begabte Männer und junge Ehepaare aus dem deutschen Mutterland, wurden von der Ostpreußischen Regierung angeworben, um dieses Land zu modernisieren.

Fritz Belau, erkannte seine Chance, Abenteuer zu erleben, die angrenzenden Länder zu entdecken und seinen Verdienst zu erhöhen.

Somit schickte er seine Bewerbung nach Ostpreußen.

Als im April des Jahres 1923 die Natur ihr Füllhorn ausschüttete und die Welt zu blühen begann, übergab er seinem Meister die Kündigung, nahm Abschied von seiner Schwester und seinen Eltern.

„Mein geliebter Sohn", sagte die Mutter mit Tränen in den Augen. „Du willst dein behütetes Heim für ein Land verlassen, dessen Straßen miserabel sind."

„Deshalb habe ich mich doch beworben, liebe Mama, um neue Straßen zu bauen. Ich bin schließlich Tiefbaufachmann", antwortete Fritz.

„Aber du bist noch so jung, nicht volljährig", versuchte ihn die Mutter zurück zu halten.

„Mama", nahm Fritz seine besorgte Mutter in die Arme. „Du vergisst, dass ich ein Anwerbeschreibe aus Königsberg besitze, in dem mich Papa mit seiner Unterschrift für volljährig erklärt hat. Außerdem werde ich im nächsten Jahr 21 und damit volljährig."

„Fritz, mein Junge, ob ich dich jemals wiedersehen werde", versagte der Mutter die Stimme.

„Ich werde dir schreiben, Mama, und meinen ersten Urlaub werde ich in den Armen meiner geliebten Familie verbringen. Bist du nun zufrieden?"

„Fahr mit Gottes Segen, mein Fritz", umarmte die
Mutter ihren Sohn und hielt noch Minuten lang
seine Hände fest, als wollte sie ihn an sich binden.

Fritz Belau bestieg in Düsseldorf den Zug, der ihn
nach mehrmaligem Umsteigen nach Königsberg
bringen sollte.

Viele Stunden saß er im Zug, schlief des Nachts
im Abteil auf der Holzbank und verließ nach zwei
Tagen wie gerädert den Zug.

„Wo finde ich das Amt für „Neubürger", wandte
er sich einigen Passanten zu,

die ihm nicht weiterhelfen konnten, erst als er
einen jungen Mann angesprochen hatte, wurde
ihm weitergeholfen.

„Ich werde dich begleiten", sagte der junge
Mann. „Ich bin auch Neubürger und kenne den
Weg zu dieser Behörde."

Fritz Belau bekam in einem langgestreckten Gebäude, in dem sich mehr als 20 junge Männer aufhielten, ein kleines Zimmer zugewiesen, in dem
er sich vorerst häuslich niederlassen sollte, bevor er in kürze von seinem neuen Arbeitgeber
abgeholt wurde.

Drei Tage später schon bekam er Bescheid, dass
er sich bei der Baufirma Heuser vorstellen sollte.
Zu diesem Termin holte ihn der Vorarbeiter mit
einem Auto ab.

Straßenbaumeister Heuser war ein großer, etwa
40jähriger Mann, mit Händen groß wie Schaufeln,
die verrieten, dass sie kräftig zupackten konnten.

„Morgen früh um halb sechs werden Sie von dem
Vorarbeiter mit noch fünf anderen Männern abgeholt und zur Baustelle gebracht. Sie bleiben
noch ein paar Wochen in Königsberg, in dem
Zimmer, das man Ihnen zugewiesen hat. Später,
wenn sich der Straßenbau weiter östlich verla-
gert, müssen Sie Ihr Zimmer räumen. Dann wohnen und schlafen Sie in einer der von uns errich-
teten Wohnbaracken", wurde er von Baumeister
Heuser aufgeklärt.

Fritz war ein fleißiger junger Mann, der jeden
Tag vor sechs Uhr in der Frühe bis abends achtzehn Uhr körperlich schwer arbeiten musste. Nur
an den Sonntagen durfte er sich ausruhen.

An so einem Sonntag schrieb er seiner Mutter den ersten Brief und teilte ihr mit, dass es ihm gut ginge, dass er sich mit seinen Arbeitskollegen angefreundet hatte, und dass er seinen ersten Wochenlohn bekommen hätte, der doppelt so hoch war, wie der, den er zu Hause bekommen hatte.

Er war auch inzwischen befördert worden. Die Arbeit mit der Schaufel in der Hand, war Vergangenheit. Fritz bediente nun die Maschinen, die Straßenwalze und den Rüttler und er führte so manche Reparatur durch.

An einem regenreichen Arbeitstag, musste die Arbeit ruhen.

Ihn hielt nichts in dem Wohnheim, er lief zum Bahnhof, und hatte Glück.

Ein Personenzug lief ein, den er bestieg.

Ich habe Zeit, mache es mir bequem und schaue mir das Fleckchen Erde an, das jetzt meine Heimat geworden ist, dachte er.

„Zurücktreten, am Bahnsteig!" rief eine Frauenstimme.

Ein scharfer Pfiff aus einer Trillerpfeife ertönte, der Zug rollte an und schwarze Rauchwolken stiegen aus dem Schornstein. Die Lok nahm langsam Fahrt auf und wurde immer schneller.

Fritz schaute auf Getreidefelder, auf Ackerlandschaft, auf Wiesen und Pferdeherden. Er lehnte sich entspannt zurück und genoss die herrliche Natur.

„Die Fahrkarte bitte", rief eine Frauenstimme.

Fritz schaute auf.

Eine junge Dame stand vor ihm und blickte auf ihn herab.

„Ich habe keine Fahrkarte", gestand Fritz verlegen.

„Dann müssen Sie ein Ticket lösen", antwortete die junge Dame.

Ihre Bekleidung bestand aus einer dunkelblauen Uniformjacke und einem gleichfarbigen Rock. Die Kopfbedeckung, mit der Aufschrift: „Deutsche Reichsbahn", verriet Fritz, dass eine Schaffnerin vor ihm stand.

„Sofort", erhob sich Fritz und griff nach seiner Geldbörse.

„Und Ihr Ziel?" erkundigte sich die Schaffnerin.

„Mein Ziel?" staunte Fritz.

„Ich frage Sie, wo Sie hinfahren möchten?"

„Ich weiß nicht", überlegte Fritz. „Vielleicht dahin, wo Sie hinfahren..."

„Mein Herr", unterbrach sie ihn. „Ich bin Zugbegleiterin der Deutschen Reichsbahn und nicht für allein reisende Herren verantwortlich."

„Aber Sie müssen doch irgendwo wohnen", beharrte Fritz.

„Ich wohne in Tilsit."

„Dann bitte ich um ein Ticket nach Tilsit."

„Mit Rückfahrschein?", fragte die Schaffnerin.

„Wissen Sie wann ein Zug wieder in Richtung Königsberg fährt?" erkundigte er sich.

„Sie haben in Tilsit  eine Stunde Aufenthalt", gab sie ihm Auskunft.

„Zeigen Sie mir Ihre Stadt?"

„Ich muss doch sehr bitten!" empörte sich die junge Frau und rückte ihre kleidsame Dienstmütze ein wenig nach oben, so dass ihre samtbraunen Haare sichtbar wurden.

Die braunen Augen und die schlanke Figur, sind so reizvoll anzuschauen, dass ich mich an dieser lieben kleinen Schaffnerin gar nicht satt sehen kann, dachte Fritz.

„Ich bin Neubürger in Ostpreußen und hätte sehr gerne meine neue Heimat kennengelernt", ging er forsch voran und fuhr sich mit allen fünf Fingern durch sein dunkelblondes gewelltes Haar.

„Wenn Sie mich so bitten, werde ich mich als Stadtführerin zur Verfügung stellen", stimmte ihm die Zugbegleiterin zu und warf einen prüfenden Blick auf Fritz Belau.

Dabei stellte sie fest, dass ihr Fritz gefiel, dass seine blauen Augen strahlten, dass er schlank aber dennoch kräftig gewachsen war und dass er eine angenehm klangvolle Stimme besaß.

„Ich heiße Fritz Belau."

„Und ich Marga Jonscheid."

Später schritten die jungen Leute plaudernd durch die Straßen der Stadt Tilsit, bis Marga am Memelufer vor der Brücke stehen blieb.

„Die Brücke, die der Königen Luise geweiht worden ist, ist das berühmteste Wahrzeichen von Tilsit", sagte Marga und warf einen Blick auf ihre Uhr am Handgelenk.

„Ich weiß, mein Zug fährt in ein paar Minuten. Leider ohne meine Schaffnerin Marga Jonscheid", hatte sich Traurigkeit in seine Stimme geschlichen.

„Sie können sich Tilsit ja noch öfter anschauen. Es gibt noch so vieles zu entdecken. Auch Königsberg hat so viel Historisches zu bieten, dass Sie damit vollauf beschäftigt sind", suchte ihn Marga mit sanften Worten zu trösten und abzulenken.

„Aber Marga Jonscheid wohnt nicht in Königsberg", antwortete Fritz.

„Ein Stadtbummel lohnt sich ganz gewiss. Sie werden begeistert sein von Königsberg, Herr Belau."

„Das geht leider nur an den Sonntagen. Von Montag bis Sonnabend muss ich arbeiten. Darf ich Sie wiedersehn, Fräulein Jonscheid?" bettelte seine sanfte Stimme.

„Das sollten wir dem Zufall überlassen", hielt Marga dagegen.

„Ich werde jeden Sonntag auf dem Bahnhof auf Sie warten..."

„Ja, ja, ist ja schon gut", schnitt ihm Marga das Wort ab. „Laufen Sie, sonst fährt Ihnen der Zug vor der Nase weg."

Obwohl Fritz jeden Sonntag auf dem Bahnhof in Königsberg anzutreffen war, war es ihm nicht geglückt, Marga zu treffen. Erst als er an einem Sonntag im Mai nach Tilsit fuhr und lustlos durch die Straßen schlenderte, wäre er beinahe mit einem Mädchen zusammengestoßen.

„Entschuldigung", murmelte er. „Marga!" rief er freudig aus. „Ich darf doch Marga sagen?" fügte er mutig hinzu.

„Guten Tag, Fritz", sagte Marga. „Bleiben wir bei den Vornamen, aber zu mehr bin ich nicht bereit."

„Darf ich hoffen?"

„Warum, Fritz?"

„Weil Sie mir gefallen, Marga."

„Ich finde Sie auch sympathisch, Fritz."

„Nur sympathisch", äußerte er sich enttäuscht. „Ich würde Sie allzu gerne näher kennenlernen und in die Arme nehmen"

„Lassen Sie mir noch ein wenig Zeit", entgegnete die 19jährige und errötete.

„Wie lange muss ich warten, Marga?"

„Am Sonntag in 14 Tagen habe ich meinen freien Tag, dann erwarte ich Sie am Nachmittag um zwei Uhr auf der Königin Luise Brücke."

Und im Juni des Jahres 1923 hatte Marga Jonscheid auf der Königin Luise Brücke ihr Herz an Fritz Belau verloren.

Fritz hatte ständig Sehnsucht nach seiner Geliebten, die er viel zu selten in den Arm nehmen konnte. Zeitlich trafen sie sich nur alle zwei Wochen.

Erst im Dezember, als durch Schneefall die Arbeit auf der Baustelle ruhte, saß Fritz sehr oft in dem Zug, in dem Marga als Schaffnerin mitfuhr.

An so einem Tag lächelte Marga ihren Fritz strahlend an und warf sich in seine Arme. „ Meine Eltern möchten dich gerne kennenlernen. Sie laden dich ein, das Weihnachtsfest mit uns zu feiern."

Familie Jonscheid, Vater, Mutter, ein zehn-, ein zwölfjähriges Mädchen und Marga, empfingen Fritz Belau sehr herzlich und wünschten ihm Frohe Weihnachten.

Marga legte ihm einen Schal um den Hals. „Den habe ich für dich gestrickt. Mein Weihnachtsgeschenk", sagte sie errötend.

Während ihre braunen Augen ihn anstrahlten, holte er eine kleine Schachtel aus seiner Hosentasche.

„Für dich, liebe Marga."

Ihre Hände zitterten, als sie die Schachtel öffnete. „Ein Ring", jubelte Marga. „Vielen Dank, lieber Fritz. Aber den kann ich doch gar nicht annehmen", streckte sie ihre Hand aus und bestaunte den Ring an ihrem Finger.

„Herr Jonscheid, Frau Jonscheid", wandte er sich Margas Eltern zu. „Ich kenne Ihre Tochter nun schon sieben Monate. Ich liebe sie und möchte hier und heute um ihre Hand anhalten."

„Ein Verlobungsring", fiel ihm Marga freudestrahlend um den Hals.

108

Margas kleinere Schwestern hingen sich ebenfalls an Fritz, drückten und herzten ihn. „Wir mögen dich auch", riefen sie.

„Na, wenn das so ist, und ihr mit ihm einverstanden seid, dann wollen wir heute am Heiligen Abend Verlobung und Christi Geburt, feiern", lachte der Vater und zog Fritz an seine Brust.

Und als ihn Frau Jonscheid in die Arme schloss, dachte Fritz an seine Eltern und seine Schwester, in der fernen Heimat. Sie hatten ihm zu Weihnachten ein Paket geschickt, in dem sich neben süßen Bonbon auch warme Unterwäsche, Socken und Handschuhe befanden.

Fritz hatte nun eine Anlaufstelle, wo er sich sehr oft aufhielt. In der geräumigen Wohnung der Familie Jonscheid war für ihn immer ein Platz reserviert.

Am Silvesterabend beschlossen Marga und Fritz, im Juli des Jahres 1924 zu heiraten.

Und da Fritz von seinem Vater schon für volljährig erklärt worden war, musste nur Herr Jonscheid die Heiratserlaubnis für seine Tochter unterschreiben.

Die Eltern von Fritz lasen die frohe Botschaft und bestaunten die Einladung, die Fritz, von einem Kunstmaler hatte anfertigen lassen.

Sie reisten an und wurden herzlich von Margas Familie empfangen.

Frau Belau vergoss ein paar Tränen als sie ihren Sohn an ihr Herz drückte.

„Du siehst gut aus, mein Junge", sagte sie nur.

„Er wird ja auch von meinen vier „Frauen" verwöhnt", lachte Margas Vater. Wobei er mit seinen vier Frauen, seine Gattin und seine drei Töchter meinte.

Marga war eine schöne Braut.

Die weiße Schleppe war auf ihrem Kopf mit einem Stirnband so befestigt, dass sich Falten bildeten, die einen Kranz darstellten. Die Schleppe bedeckte ihre Schulter und reichte bis zur Erde herab. Das weiße Brautkleid war bis zum Hals geschlossen. Aus dieser weißen Pracht strahlten braune Augen aus einem hübschen Gesicht.

Die jungen Mädchen, die in der Kirche saßen, beneideten Marga wegen ihrer Schönheit. An Fritz hatten einige Mädchen ebenfalls Gefallen gefunden. Gerne hätten sie diesem blondgelockten Jüngling ihr Jawort gegeben.

Die ledigen Männer hingegen warfen keine freundlichen Blicke auf Fritz, dem Zugereisten, der ihnen, ihrer Meinung nach, Marga abspenstig gemacht hatte.

„Was für eine wundervolle Braut Marga doch ist", stellte Frau Belau fest.

„Ihr Sohn ist aber auch ein gutaussehender Mann. Wirklich, eine stattliche Erscheinung", erwiderte die Brautmutter.

Der Bräutigam trug einen schwarzen Anzug. Er hatte ein weißes Hemd an. Eine silbergraue Fliege zierte seinen Hemdkragen. Die blonden Haare schauten aus einem schwarzen Zylinderhut hervor.

Mit einem Blumenstrauß in der Hand, schritt Marga am Arm ihres Vaters zum Altar.

Dahinter folgte Fritz, der von seinen Eltern flankiert wurde.

Der Pfarrer sprach rührende Worte und segnete das Paar. Dann wurden die Ringe getauscht. Im Kirchenschiff tropfte so manch eine Träne in ein Taschentuch.

Nach dem Gesang der Kirchenlieder, erhob sich die Kirchengemeinde und sprach das „Vater Unser."

„Nun gehet hin und vermehret euch", segnete der Pfarrer ein letztes Mal die jungen Eheleute, bevor er sich abwandte und damit andeutete, dass die Trauung beendet war.

Die Hochzeitsfeier fand in einem Restaurant an der Memelpromenade statt.

Und die Familie von Fritz konnte sich nicht satt sehen, an der Königin Luise Brücke, die ein wahres Kunstwerk darstellte und auf der reger Verkehr herrschte.

Beim Abschied der Rheinländer, nach den Hochzeitsfeierlichkeiten, flossen bei der Mutter und der Schwester dicke Tränen.

Beide Elternpaare hofften auf Enkelkinder.

„Ob ich meine Enkelkinder jemals sehen werde", sagte Frau Belau zu ihrem Mann und zu ihrer Tochter, als sie sich im Zug auf der Heimreise befanden.

„Das wollen wir doch hoffen", entgegnete Herr Belau.

Dass der Storch Marga achtmal ins Bein beißen würde und sie zu achtfachen Großeltern machen würde, hätten weder die Eltern von Fritz noch die von Marga geglaubt.

Doch vorerst erhielten sie von Fritz die Nachricht, dass Marga einen Dienstunfall hatte. Sie war von der Bahnsteigkante abgerutscht. Dabei hatte ihr ein Rad alle Zehen am linken Fuß abgetrennt.

Der Schreck im Rheinland war groß. „Das arme Kind", hielt Frau Belau die Tränen kaum zurück.

Marga hatte bitterlich geweint, vor Schmerzen, aber auch, dass sie nun verunstaltet war. „Kannst du mich überhaupt noch lieben?" schaute sie Fritz mit Tränen in den Augen fragend an.

„Ich liebe dich so wie du bist, schlank und hübsch. Ich liebe deine braunen Augen, deine sanfte Stimme, deine Beine, deine Hände und deine Füße, so wie sie jetzt sind", versicherte ihr Fritz. „Hast du Schmerzen, liebste Marga?" wechselte er das Thema.

„Noch sind sie zu ertragen", antwortete Marga und lächelte gezwungen.

Fritz saß so oft wie möglich an ihrem Bett in einem Königsberger Krankenhaus und hielt ihre Hände fest.

Die Besuchszeiten wurden von den Krankenanstalten strengstens geregelt. Nur nachmittags durften die Patienten eine Stunde lang Besuch empfangen. „Die Besuchszeit ist beendet!" liefen die Schwestern rufend durch die Krankenzimmer.

„Wenn du bei mir bist, könnte ich schon wieder rumspringen wie ein junges Reh und mit dir in der Memel um die Wette schwimmen", lachte sie Fritz eine Woche später an.

Vier Wochen musste Marga das Bett hüten.

Als sie entlassen wurde, humpelte sie am Arm ihres Mannes zum Bahnhof und bestieg den Zug, den sie bislang als Schaffnerin betreten hatte.

Sie war nun nicht mehr diensttauglich. Ihren geliebten Beruf musste sie aufgeben.

Die Tätigkeit, als Schaffnerin, die ihr so viel Freude bereitet hatte, wurde ihr von der Deutschen Reichsbahn verwehrt. Worüber sie sehr traurig war.

Jedoch, als Bahnbeamtin erhielt sie eine kleine Invalidenrente.

Nach dem Klinikaufenthalt, fuhren die jungen Eheleute nach Tilsit zu Margas Eltern. In Margas Mädchenzimmer, das sie nach der Hochzeit bezogen hatten, durften sie solange wohnen, bis sie eine eigene Wohnung gefunden hatten.

Zu Beginn des Jahres 1925 bezogen sie ein Siedlungshaus, das in einem kleinen Dorf nahe der Kreisstadt Tilsit lag. Zu dem Wohnhaus gehörten zwei kleine Stallungen und ein Toilettenhäuschen, das einige Meter vom Haus entfernt aufgebaut war. Ein Holzhäuschen mit einem Herz in der Tür. Ein so genanntes Plumpsklo. Zur Benutzung der Toilette mussten sie den Hof überqueren. Ein großer Garten gehörte ebenfalls zu diesem Anwesen.

Das war eine einschneidende Umstellung, vor allem für Marga. In der elterlichen Wohnung befand sich die Toilette neben dem Schlafzimmer.

In der elterlichen Wohnung erhellten Glühbirnen die Zimmer. Die Straßen der Stadt wurden ebenfalls beleuchtet, nur ihre dörfliche Heimat lag im Dunkeln.

Petroleumlampen wurden in der Küche, dem Wohnzimmer und im Schlafzimmer aufgehängt. Diese Lampen strahlten keineswegs hell. Zudem räucherten sie, so dass die Zimmerdecke schwarz wurde.

„Liebe Marga", nahm Fritz seine Frau in die Arme. „Es tut mir leid, dass du nun die Pflichten einer Hausfrau übernehmen musst. Bislang hatte deine Mutter euren Haushalt geführt..."

„Aber, Fritz, ich habe meiner Mutter so oft wie möglich im Haushalt geholfen und von ihr so viel gelernt, dass ich meine hausfraulichen Pflichten erfüllen kann. Ich bin für den Ehestand vorbereitet. Ich kann kochen, Wäsche waschen, stricken, häkeln, nähen und wenn es sein muss, könnte ich auch noch ein paar Haustiere versorgen."

„Und ich arbeite den ganzen Tag auf der Straße und bringe das Geld heim", lachte Fritz und Marga lachte herzhaft mit.

Dann wurde sie ernst. „Ich bin doch ein wenig traurig, dass ich nicht mehr arbeiten darf und Geld verdiene. Die kleine Invalidenrente ist kaum der Rede wert. Dennoch geht es uns gut. Von deinem Verdienst, der Mitgift meiner Eltern und meinem Ersparten, konnten wir dieses Haus mieten und mit Mobiliar ausstatten."

„Mit der Arbeit im Garten, dem Kochen auf dem Kohleherd und der Wäsche, die du mit deinen Händen waschen und auswringen musst, wirst du vollauf beschäftigt sein. Und wenn erst ein Baby da ist, gibt es noch mehr für dich zu tun", nahm Fritz seine Marga liebevoll in die Arme und schaute in ihre braunen Augen.

Und Marga wurde tatsächlich vom Storch gebissen. Im Mai 1926 wurde ihr erster Sohn geboren, den sie auf den Namen Gerhard taufen ließen.

Zur Taufe waren auch die Düsseldorfer angereist.

Die Großeltern erfreuten sich an ihrem ersten Enkelkind, das von beiden Seiten reich beschenkt wurde. Vor allem Oma und Opa Belau überreichten ihrer Schwiegertochter einen größeren Geld Betrag.

„Damit der kleine Gerhard immer gut gekleidet ist", sagte Frau Belau. „Er wächst ja so schnell aus den Sachen heraus. Auch die Windeln muss man ständig erneuern."

„Aber die kann ich doch waschen, liebe Schwiegermutter", sagte Marga.

„Richtig, Marga, du hast recht, aber die Windeln müssen jeden Tag gewaschen werden, so dass sie sehr schnell verschleißen."

„Bis zur nächsten Taufe", wurden die Rheinländer dann eine Woche später,   von Fritz und Marga, verabschiedet.

„Hoffentlich beißt dich der Storch nicht so schnell wieder ins Bein", entfuhr es dem Schwiegervater. Und Marga wurde rot wie eine reife Tomate.

„Mach mir Marga nicht verlegen", rügte ihn Frau Belau und zog ihre Schwiegertochter in die Arme. Sie drückte Fritz an sich, küsste den kleinen Enkelsohn auf die rosigen Wangen und wandte sich mit tränenverschleiertem Blick der Familie Jonscheid zu, von der sie ebenfalls Abschied nahm.

Danach bestieg sie mit ihrem Mann und ihrer Tochter, den Zug, und mit Taschentüchern winkend, rollten sie aus dem Bahnhof.

Marga war selig. „Du siehst deinem hellblond gelockten Vater sehr ähnlich", flüsterte sie Gerhard ins Ohr, nachdem sie ihn gebadet und gewickelt hatte.

Der kleine Gerhard verzog lachend sein Gesicht und strampelte mit den Füßen.

Auch Margas Mutter ließ sich so oft wie möglich bei der jungen Familie sehen.

„Ich danke dir, Mama, dass du mir beistehst", freute sich Marga.

„Das tue ich doch gerne", versprach die Mutter und herzte ihren Enkelsohn, der mit seinen Händchen in ihr Haar griff.

Marga und ihre Mutter saßen im Wohnzimmer, klein Gerhard schlief in der schaukelnden Wiege, und die beiden Frauen unterhielten sich.

An der Haustür wurde geklopft.

„Wer mag das sein?" überlegte Marga. Sie erhob sich und machte die Tür auf. Vor ihr stand der Vorarbeiter ihres Mannes.

„Guten Tag, Frau Belau. Ihr Mann hatte einen Unfall", kam es stockend von seinen Lippen.

„Ist er..." erblasste Marga und suchte Halt am Türrahmen.

„Nein, nein, er lebt, hat sich ein Bein gebrochen und liegt in Tilsit im Krankenhaus."

„Du fährst sofort zu deinem Mann", entschied Frau Jonscheid. „Ich bleibe so lange hier und passe auf meinen Enkel auf."

„Danke, Mama, das ist lieb von dir. Ich werde seine Nachtwäsche, sein Rasierzeug und seine Zahnbürste mitnehmen."

So fuhr Marga, bangen Herzens, mit dem Fahrrad, einen etwa drei Kilometer langen Feldweg entlang, der bei Regenwetter verschlammt war, der im Winter so zugeschneit war, dass man vom Weg abkommen und in einen Graben landen konnte.

Verschwitzt und abgehetzt betrat sie das Krankenzimmer.

„Fritz!" stürzte sie auf sein Bett zu.

„Ihr Mann ist soeben von der Narkose aufgewacht", sagte die Schwester, die seine Aufwachphase überwachte. „Er ist noch sehr benommen."

„Wie schlimm ist es?" tupfte sich Marga ein paar Tränen aus den Augen.

„Ein glatter Bruch", erwiderte die Krankenschwester. „In wenigen Wochen ist er wieder gesund."

„Marga, das du da bist", meldete sich Fritz.

„Wie geht es dir?" fragte sie mit belegter Stimme, und ein Kloss im Hals drohte ihr die Luft abzudrücken.

„Wie du siehst, liege ich flach", versuchte er zu scherzen.

„Wie konnte das passieren?"

„Ich bin von der Brücke in die Memel gefallen."

„Von welcher Brücke?"

„Von der Königin Luise. Ein paar Reparaturen musste ich auf der Brücke durchführen. Als ich damit fertig war, verfehlte ich den Träger und stürzte in die Tiefe. Ich fiel ins Wasser, schlug auf und schwamm an Land. Meine Kollegen halfen mir auf die Beine. Jedoch ein stechender Schmerz schoss in mein linkes Bein und ich knickte zur Seite weg. Meine Kollegen transportierten mich ins Krankenhaus. Von den Ärzten wurde ich narkotisiert. Und als ich aufwachte, erblickte ich dich, meine liebe Marga. Das ist alles."

„Das ist alles", ahmte ihm Marga nach. „Und wie soll es nun weitergehen, ohne dich, Fritz?" „Das schaffst du schon, meine liebe kleine Schaffnerin. Gib meinem Sohn einen Kuss von mir. Ich bin müde", hauchte er nur noch und schlief sofort ein.

Von der Krankenschwester wurde sie über die Besuchszeiten aufgeklärt.

Marga nickte mit dem Kopf, strich zum Abschied ihrem schlafenden Mann, mit der Hand über den Kopf, und mit Tränen im Blick, verließ sie das

Krankenzimmer, in dem noch sieben Männer in den Betten lagen.

Der kleine Gerhard wurde nachmittags bei Oma und Opa und bei seinen beiden Tanten abgegeben, so dass Marga ihren Mann täglich besuchen konnte.

Fast sechs Wochen dauerte es, bis Fritz, mit Gehgips am linken Bein und mit zwei Gehhilfen in den Händen, die Klinik verlassen konnte.

Mit dem Gipsverband, zu Hause untätig rumzusitzen, behagte Fritz nicht. Er beschäftigte sich ein wenig. In den kleinen Stallungen, die zu dem Siedlungshaus gehörten, schuf er einen Schweinekoben und eine Hühnerleiter.

Bei den Bauern, in der Nachbarschaft, kaufte er ein Ferkel und drei Hühner.

So lange er noch arbeitsunfähig war, versorgte er die Tiere selber.

Jeden Morgen fand er drei Eier im Hühnerstall.

Marga konnte bald Kuchen backen und leckere Eierspeisen zubereiten.

Das Ferkel gedieh prächtig, grunzte, quiekte und suhlte sich im Schlamm.

„In etwa 10 Monaten, im Februar nächsten Jahres können wir saftigen Schweinebraten essen", freute sich Fritz.

„Nun kommt eine Menge Arbeit auf mich zu", bemerkte Marga.

„Wenn ich in der nächsten Woche wieder meine Arbeit auf der Straße aufnehmen muss, wirst du etwas mehr zu tun bekommen", stimmte ihr Fritz zu. „Aber einen Teil der Arbeit werde ich dir abends, wenn ich nach Hause komme, abnehmen", fügte er hinzu.

„Der Garten muss bestellt, der Rasen gemäht und die Tiere müssen gefüttert werden", setzte Marga das Gespräch fort. „Wenn der kleine Gerhard schläft, werde ich mich damit beschäftigen. Die groben Arbeiten überlasse ich dann dir, damit du sie an den Sonntagen durchführen kannst."

Die junge Familie Belau entwickelte sich allmählich zum Selbstversorger.

Fritz und Marga pflanzten Kartoffeln an, zogen Gemüse groß und schafften sich noch ein paar Hühner an. Ein paar Gänseküken, die großgefüttert wurden, lieferten Daunenfedern für die Oberbetten.

Stroh mussten sie bei den Bauern kaufen, um die Strohsäcke zu füllen, die ihnen als Matratzen dienten.

Der Storch hatte Marga schon zum zweiten Male ins Bein gebissen.

Im Herbst 1927 lieferte er Erika ab.

Zwei kleine Kinder hingen nun an Margas Rockzipfel.

Etwas mehr als ein Jahr älter als Erika, konnte der kleine Gerhard längst laufen. Zum Glück, war Gerhard schon windelrein und somit konnte er auf den Nachttopf gesetzt und abgehalten werden.

Marga musste nur Erika windeln.

Die Hebamme, die in der Nähe wohnte, und bei Gerhards Geburt an Margas Wochenbett gestanden hatte, verhalf auch Erika, das Licht der Welt zu erblicken.

Es sei hier schon verraten, dass auch die nachfolgenden sechs Kinder ohne Probleme das Licht der Welt erblickten. Der Storch hatte sich bei Familie Belau die Füße abgelaufen.

Den Haushalt zu bewältigen, zwei kleine Kinder zu betreuen, die Tiere zu versorgen, den Garten zu bepflanzen und Wäsche zu waschen, waren noch gut zu schaffen, jedoch als die Jahre voranschritten und Ewald 1929, Edith 1931, Traute 1933, Herta 1935 und Heinz 1936 geboren wurden, mussten sieben Kinder bekocht und bekleidet werden.

Obwohl die größeren Kinder überall mit anpacken mussten, standen Margas Hände nie still.

„Mama, meine Strümpfe sind zerrissen", rief jeden Tag eines der Kinder.

„Dann werde ich sie mal stopfen", sagte Marga und Minuten später schon konnten sie die Strümpfe wieder anziehen.

So hielten sich die Kinder ran, ihre beschädigte Kleidung der Mama vorzulegen.

Nicht genug damit, Marga strickte aus Schafwolle, Strümpfe, Schals, Mützen, Handschuhe und sogar warme Unterwäsche für den eiskalten Winter, der in Ostpreußen besonders heftig war.

Die Schuhe wurden vom Vater besohlt, der nicht nur handwerklich begabt war, sondern auch noch mit dem Haarschneider gut umzugehen verstand. Den Söhnen schnitt er die Haare ab.

Sie bekamen von ihm eine „Glatze mit Abreißkalender" verpasst.

Die drei Söhne weinten bei jedem Haarschnitt. „Ich will keine Glatze. Die Mädchen dürfen ihre Haare wachsen lassen und bekommen Zöpfe geflochten, nur wir müssen mit der Glatze und mit einem Büschel Haare über der Stirn, rumrennen", jammerten sie.

„Still", befahl der Vater. „Sonst gib es eins hinter die Löffel."

„Segelohr, rufen mich die Mitschüler", motzte Gerhard.

„Besser Segelohren, als mit Kopfläuse rumlaufen", entgegnete der Vater.

„Wir haben keine Läuse. Nur die Mädchen haben manchmal Läuse, die sie aus der Schule mitbringen", wusste sich Gerhard zu verteidigen. „Mama muss ihnen dann die Haare waschen und mit dem Läusekamm die Läuse und Nisse raus kämmen."

„Siehst du. Erkennst du jetzt den Vorteil der „Glatze mit Abreißkalender", lachte der Vater. „Oder sind dir juckende Läuse lieber, die dich Tag und Nacht quälen?"

Die drei Söhne gaben ihrem Vater, im Stillen zwar recht, aber dennoch wimmerten sie bei jedem Haarschnitt.

Von Husten, Schnupfen, Heiserkeit, Masern und anderen Kinderkrankheiten waren die Belau Kinder nicht verschont geblieben. Und die Mutter hatte viel zu tun. Mit ihnen zum Arzt nach Tilsit zu fahren. Mit dem Kind, das vorne am Lenker in einem Korb saß, radelte Marga los.

Bei schlechten Straßenverhältnissen, bei Wind und Wetter, mit einem der Kinder zu fahren, das inzwischen schon zehn oder elf Jahre alt war, war eine Strapaze für Mutter und Kind. Eigene Fahrräder für die Kinder waren zu teuer.

„Fritz, wann bekommen wir endlich eine befahrbare Straße? Das ist ja eine Zumutung!" beschwerte sich Marga bei ihrem Mann. „Kannst du nicht ein wenig nachhelfen?" fügte sie hinzu.

„Ich bin nur ein kleiner Schachtmeister, der nur für die Arbeiten auf der Straße zuständig ist, liebe Marga. Die Planungen liegen in den Händen der Tiefbauämter. Wenn es nach mir ginge, würde ich dir morgen schon eine befestigte Straße bauen und Stromkabel legen, damit wir wie die Städter elektrisches Licht bekommen. Leider ist das in Ostpreußen nicht so schnell zu bewerkstelligen."

„Wie lange müssen wir auf diese Bequemlichkeit noch warten?" wollte Marga wissen.

„Fernstraßen, zwischen den größeren Gemeinden und Städten, haben Vorrang", antwortete Fritz.

Marga gab sich damit zufrieden.

Sie war vollauf mit dem Haushalt beschäftigt.

Denn Wäsche waschen war die schwerste Arbeit. Sogar die größeren Mädchen mussten bei der Wäsche mithelfen.

Zuerst wurde der gemauerte Ofen angeheizt, auf dem ein großer Kessel stand und der dann mit Wasser gefüllt wurde. Die Wäsche wurde im

Kessel, unter ständigem rühren, gekocht. Mit einer Meter langen, Arm dicken, Holzkelle, wurden die Wäschestücke aus dem dampfenden Wasser geholt und im heißen Zustand auf einem, aus Wellblech gefertigten Brett, einem so genannten Rubbelbrett, solange gescheuert und geklopft, bis sie sauber waren. Anschließend wurde die Wäsche nochmals gekocht, bis sie in einer mit kaltem Wasser gefüllten Wanne geworfen wurde, um die Lauge auszuspülen. Dann erfolgte das auswringen. Mit den Händen wurde die Wäsche so kräftig gedreht, bis kein Wasser mehr herauskam. Erst dann konnte sie auf die Leine aufgehängt werden. Die Bettwäsche wurde im Sommer auf dem Rasen ausgebreitet, wo sie in der Sonne bleichte. Sie wurde von einem der Kinder bewacht, so dass kein Vogel etwas fallen lassen konnte oder andere Tiere darauf herum liefen. Wehe, Vögel, Enten, Gänse, Hühner oder eine Katze lief über die Bleichwäsche, dann musste das Stück noch einmal gewaschen werden.

„Mama, ich kann nichts dafür", waren die Kinder mit der Ausrede schnell dabei.

„Ihr könnt niemals was dafür", versetzt die Mutter dem Aufpasser oder der Aufpasserin eine Backpfeife. „Die soll dich stets an deine Pflichten erinnern", sagte sie. Sie war verärgert, dass die Wäsche noch einmal gewaschen werden musste.

Dass die Mädchen sich vor diesen Waschtagen zu drückten versuchten, war sicherlich verständlich.

„Mama, ich habe Kopfschmerzen", jammerte Erika immer wieder.

„Lass mal fühlen", legte Marga ihrer Tochter die Hand auf die Stirn.

„Tatsächlich, du hast Faulheitsfieber, mein Kind", lachte die Mutter.

„Mama", entrüstete sich Erika.

„Nun komm schon, deine Leib- und Bettwäsche ist auch dabei."

Nach den Worten der Mutter, fiel Erika keine Ausrede mehr ein.

Gerhard und Ewald halfen dem Vater bei den schweren Gartenarbeiten und im Schweinestall.

Beim Torfstechen, in den Sommerferien, war die ganze Familie anwesend. Während der Vater und die Mutter den Moorschlamm mit dem Spaten abstachen, legten die Kinder die Stechlinge zum Austrocknen auf die Grasflächen.

Auf den einjährigen Heinz musste Edith aufpassen.

„Wo ist Heinz?" schaute sich die Mutter um.

Edith, die im Gras lag und vor sich hin träumte, sprang auf, schaute sich um und sah den Jungen im Wasser liegen.

Rasch lief sie zu Heinz und zog ihn aus dem Wasser. Wie leblos lag er in ihren Armen.

Er ist ertrunken, fuhr es dem Vater durch den Kopf. Er sprang hinzu, riss den Jungen an sich, lege ihn zur Erde nieder und massierte solange seine kleine Brust bis das Wasser aus seinem Mund sprudelte. Dann legte er Heinz auf die Seite, so dass er das Wasser abhusten konnte. Ein paar Minuten später war der Kleine schon wieder putzmunter und begann erneut seine Umgebung zu

erkunden.

„Edith!" wurde die Stimme ihres Vaters laut. „Mit Stubenarrest musst du rechnen, aber erst wenn wir mit dem Torfstechen fertig sind. Deine Schulferien wirst du in deinem Zimmer verbringen. Und du sorgst mir dafür, dass sie keinen Schritt vor die Tür geht", wandte er sich seiner Frau zu. „ Ab sofort wird Traute, Heinz nicht aus den Augen lassen, und Edith wird mit Arbeiten im Moor beschäftigt sein. Am liebsten würde ich ihr eine Tracht Prügel verabreichen", grollte der Vater, der jedoch seinen „Mädels", die er abgöttisch liebte, nur drohte.

Edith war unglücklich. Beinahe wäre der süße kleine Heinz ertrunken. Den Stubenarrest nahm sie nicht sehr ernst, schlimm wäre es gewesen, wenn es den Kleinen nicht mehr gegeben hätte.

Fritz Belau brachte es nicht übers Herz, seine Kinder zu züchtigen. Auch die Strafen, die er verhängte, hob er alsbald wieder auf.

Marga besaß jedoch eine lockere Hand, die ihr schnell ausrutsche. Und ehe sich die Kinder wegduckten, klatschte es.

Sieben Kinder verzapften so manch einen Streich.

Gerhard und Ewald kletterten beim Nachbarn über den Zaun und machten sich über das reife Obst her. Der Nachbar schaute durch sein Küchenfenster, erblickte, die im Apfelbaum sitzenden Jungen und rief seinen schlafenden Schäferhund zu sich. „Keinen Laut", befahl er ihm. Leise machte er die Haustür auf und rief: „Ihr Diebesbande!"

Ewald und Gerhard erschraken, ließen sich, wie reifes Obst, vom Baum fallen, flüchteten und versuchten über den Zaun zu entkommen.

„Fass!" befahl der Mann seinem Hund.

Der Schäferhund spurtete los.

Die Buben hörten den Befehl des Mannes und hatten mit der Schnelligkeit eines Hundes nicht gerechnet. Er war schon hinter ihnen und schnappte zu, bevor sie die Zaunkrone erreicht hatten.

Mit den zerfetzten Hosen der beiden Apfeldiebe im Maul, kehrte der Hund zu seinem Herrn zurück.

Inzwischen war auch die Frau vor dem Haus erschienen. Sie hatte die Flucht der Jungen mitbekommen. Sie konnte sich vor Lachen nicht zurückhalten. Das Gelächter des Ehepaares verfolgte Ewald und Gerhard solange, bis sie ihr elterliches Haus erreicht hatten.

Zuhause war eine Standpauke fällig. Die Mutter verpasste ihnen zudem noch ein paar Ohrfeigen.

„Die guten Hosen!" wetterte sie. „Am liebsten würde ich euch mit nacktem Hintern rumlaufen lassen! Ab mit euch in die Betten!" befahl sie am hellen Nachmittag. „Und Ruhe! Ich will keinen Mucks hören. Das Abendessen fällt heute aus!"

Margas mütterliches Herz war butterweich. Sie brachte es nicht fertig, die Kinder hungern zu lassen.

„Erika, bring das Essen nach oben, zu Ewald und Gerhard. Sie sollen sich waschen und schlafen gehen."

„Was ist denn passiert, Mama?" wollte Erika wissen.

„Beim Nachbarn Äpfel klauen, sich von dessen Hund die Hosen zerreißen lassen und mit nacktem Hintern ins Haus schleichen, das ist passiert", antwortete die Mutter mit abgewandtem Gesicht, weil es ihr nicht gelang, ein Lächeln zu unterdrücken.

Die vier Mädchen lachten aus vollem Halse.

„Lacht ihr nur nicht zu früh", wurde Marga gespielt ernst. „Ihr seid auch

keine Engel. War das nicht Traute, die kürzlich mit nackten Füßen nach Hause kam?"

Traute bekam einen feuerroten Kopf.

„Ihre Schuhe waren im Schlamm stecken geblieben", lachte Herta.

„Sei du bloß still", schlug Traute mit der Hand nach Herta. „Du hast die Hühner über die gebleichte Wäsche laufen lassen und weil du zu klein bist, um in der Waschküche mitzuhelfen, mussten wir Großen die Wäsche waschen."

Von den großen und kleinen Problemen blieb die Familie Belau auch nicht verschont.

Der zweijährige Heinz hatte seinen Hinterkopf am heißen Kohleofen so sehr verbrannt, dass er fünf Wochen lang im Krankenhaus liegen musste.

Sein Leben stand auf der Kippe.

Eine Zeit lang lief er dann mit einem Verband herum.

Ansonsten ging es der Familie Belau sehr gut. Die Kinder wuchsen heran und entwickelten sich prächtig. Fleisch und Wurst lieferte ihnen jedes Jahr ein Schwein, Eier legten die Hühner und im Garten wuchsen die Kartoffeln und das Gemüse heran. Nur die tägliche Milch kauften sie bei einem Bauern.

Inzwischen schreiben wir das Jahr 1939, das Schicksalsjahr, das Deutschland total verändern sollte.

Am 1. September 1939 marschierte die deutsche Wehrmacht in Polen ein. Sie entfachte einen zweiten Weltkrieg, dem Millionen Menschen zum Opfer fielen.

Der Einmarsch in Polen zog sofort die Kriegserklärung von Frankreich und England nach sich.

Hitler reagierte sofort, er überfiel Frankreich und Holland, und schickte Bomber nach England.

Der Krieg hatte sich über ganz Europa ausgebreitet. Selbst in Afrika kämpften die deutschen Truppen.

Später bildeten die USA, die Engländern und die Franzosen eine Allianz, die an der Westfront massiv in den Kampf eingriff und Deutschland im Jahre 1945 zur Kapitulation zwang.

Was war 1939 in Ostpreußen passiert?

Vom Krieg war nichts zu spüren.

Der Familie Belau ging es gut, der Vater war mit dem Straßenbau beschäftigt, die Mutter hatte mit dem Haushalt und der Kindererziehung alle Hände voll zu tun.

Die Kampflinien lagen in Polen. Aber ab 1941 auch in Russland.

Diese beiden Länder waren von den deutschen Truppen so überraschend überfallen worden, dass sie kaum fähig waren, sich zur Wehr zu setzen. Die Russen mussten erst Aufrüsten.

Daher konnte das ostpreußische Volk noch ruhig schlafen.

Jedoch aus dem Mutterland kamen beängstigende Nachrichten. Vorerst nur in privaten Briefen.

So einen Brief erhielt Fritz Belau, im Oktober 1940, von seiner Schwester. Sie teilte ihm mit, dass Düsseldorf von den Engländern bombardiert worden sei und dass seine geliebten Eltern dem Bombenhagel zum Opfer gefallen waren.

Fritz war wie versteinert, der Schock hatte ihn verstummen lassen.

„Lieber, Fritz", drückte ihn Marga an ihr Herz. Ein Tränenstrom floss den beiden aus den Augen.

„Papa, Mama", flogen die Kinder auf die Eltern zu. Die Trauer um die geliebten Großeltern, lähmte die ganze Familie.

Jedes Jahr waren die Düsseldorfer Großeltern nach Ostpreußen gekommen und hatten sich an ihren Enkelkindern erfreut.

Mit einem Bombenschlag war all das Schöne ausgelöscht worden.

Marga schrieb der Schwägerin einen Beileidsbrief.

„Aber Fritz kann nicht zur Beerdigung kommen, der Straßenbau nach Russland muss massiv vorangetrieben werden. Dein Bruder ist unentbehrlich. Und ich habe sieben Kinder zu versorgen, das achte ist unterwegs."

Leider hatten die Düsseldorfer den kleinen Dieter, den der Storch im Juni 1941 in Margas Bett gelegt hatte, nicht mehr kennengelernt.

Den Zweiten Weltkrieg, der im vollen Gange war, bekam nun auch die Familie Belau zu spüren.

Die Russen besaßen nun auch Kampfflugzeuge, die Ostpreußen überflogen und Bomben abwarfen.

In den Nächten, der Jahre 1942 bis 1944 suchten das Ehepaar Belau gemeinsam, mit ihren acht Kindern, und den anderen Dorfbewohnern, Schutz in dem Luftschutzbunker, der tief in der Erde errichtet worden war.

Mitten in der Nacht heulten die Sirenen.

Dreimaliges Sirenengeheul. Fliegeralarm!

Die Kinder wurden von Marga und Fritz geweckt.

„Ich mach den kleinen Dieter fertig, Papa nimmt die Papiere und Wertgegenstände an sich und die anderen ziehen sich an", entschied Marga, jede Nacht.

Marga hatte den zweijährigen Dieter im Arm. Fritz löschte die Petroleumlampe und trat aus dem Haus.

Seine Familie folgte ihm.

Motorengeräusche waren deutlich zu hören. Bomber näherten sich.

Im Laufschritt erreichte die gesamte Familie den Luftschutzbunker.

Die ganze Familie?

Marga schaute ihre Kinder der Reihe nach an. Sieben zählte sie durch.

„Wo ist Heinz?" fragte sie.

Ein allgemeines Achselzucken erfolgte.

„Heinz! Heinz!" rief der Vater durch den Raum, im dem etwa 50 Leute saßen.

Seine Stimme wurde übertönt. Ein Donnerschlag folgte dem anderen.

Die naheliegende Stadt Tilsit und die umliegenden Ortschaften wurden  bombardiert. Ein Einschlag ging ganz nahe am Schutzbunker nieder.

Die Kinder drängten sich schreckensbleich an ihre Mutter.

„Der arme Heinz. Im Torf wäre er beinahe ertrunken. der heiße Ofen hatte ihm ein Loch in den Kopf gebrannt und heute wird er von einer Bombe erschlagen", weinte Marga still in sich hinein.

Die Angst hatte sich unter den Geschwistern breitgemacht.

Wo war ihr Bruder?

Die Sirene heulte. Nur einmal.

Entwarnung.

Familie Belau verließ den Bunker und betrat das Wohnhaus.

Der Vater zündete die Petroleumlampe an. Das Licht breitete sich aus.

Auf dem Sofa, neben dem Kachelofen stand Heinz. Halb angezogen stand er da, schluchzte erbärmlich und zitterte am ganzen Körper.

In völliger Dunkelheit war er furchtbaren Ängsten ausgeliefert.

„Mama, Mama!" schrie er immer wieder.

Marga schloss ihn in die Arme.

„Heinz, mein Heinzchen", murmelte sie, liebkoste und herzte ihn.

Der Junge war nicht zu beruhigen.

Allmählich hatten die Weinkrämpfe nachgelassen und Heinz lag ermattet in Margas Händen.

„Die Bomben sind auf meinen Kopf gefallen", flüsterte er und begann erneut zu weinen.

„Nein, nein, mein Heinzchen", beruhigte ihn Marga. „Keine Bombe ist auf deinen Kopf gefallen."

Heinz war seit seinem sechsten Lebensjahr seelisch traumatisiert.

Tagsüber war Heinz ein lebhafter Junge, aber sobald in der Nacht die Sirenen Fliegeralarm ankündeten, fing er an zu zittern und zu weinen. Selbst in den bombenfreien Nächten quälten ihn Alpträume. Er schrie so laut, dass die ganze Familie aus den Betten fiel.

Die Kriegshandlungen waren im vollen Gange, die deutschen Truppen mussten den Rückzug antreten. Sie verloren jede Schlacht. Hitler rang um Soldaten.

Fast alle Männer hatten auf dem Schlachtfeld ihr Leben lassen müssen.

„Nun braucht er „Kanonenfutter", wurde hinter vorgehaltener Hand geflüstert.

Die nächste seelische Erschütterung traf die Familie Belau völlig unerwartet.

Als ein Militärfahrzeug vor der Haustür anhielt, schauten Marga und acht Kinder neugierig zu, wie zwei Offiziere das Fahrzeug verließen.

„Heil Hitler", grüßten Sie.

Marga nickte mit dem Kopf.

„Wir müssen Gerhard Belau sprechen", sagte einer der Offiziere.

„Mein Sohn steht neben mir. Was wollen Sie von ihm?"

„Wir müssen ihn mitnehmen!"

„Ich wüsste nicht, dass mein Sohn etwas verbrochen hat?" horchte Marga auf.

„Er wird das deutsche Volk zum Ruhme führen", kam die Antwort zurück.

„Ich verstehe nicht", war Marga immer noch unwissend.

„Gerhard Belau, pack deine Zahnbürste ein, du wirst an der Front für den Führer und das Vaterland kämpfen", wurde ein Offizier deutlicher.

„Aber er ist doch noch ein halbes Kind, erst 17 Jahre alt", stellte sich Marga schützend vor ihrem ältesten Sohn.

„Den Weg frei, Frau!" schoben die Soldaten Marga zur Seite, packten Gerhard unter die Arme und zerrten ihn mit sich.

„Gerhard!" Erklang ein Schrei aus tränenerfüllten Kehlen, und sieben Kinder stürzten sich auf ihren Bruder. Sie umklammerten seine Beine und hielten ihn fest.

„Frau Belau, sorgen Sie dafür, dass wir von ihren Kindern nicht behindert werden! Sonst müssen wir Gewalt anwenden!" drohten die Offiziere und hielten plötzlich Pistolen in den Händen.

Marga erschrak. „Kommt zurück, Kinder!" suchte sie Halt am Türrahmen.

Die Kinder gehorchten der Mutter, und unter Tränen, verfolgten sie, den Abtransport ihres geliebten Bruders.

Marga blutete das Herz. Gerhard war unfähig, sich zu wehren.

Der zweite Schock überfiel die Familie in den Abendstunden, desselben Tages.

Zwei Soldaten auf Motorrädern hielten vor der Haustür.

Wie Unheil ahnend, standen alle Familienmitglieder vor den Soldaten.

„Heil Hitler!" streckten die Soldaten die Hände in die Höhe. „Fritz Belau musste heute den Fahneneid leisten. Seine Arbeit auf der Straße muss nun so lange ruhen, bis wir den Feind, mit seiner Tapferkeit, niedergerungen haben."

Marga hielt sich aufrecht, zeigte ihre Schwäche nicht. Sie wandte sich ab und ging steifbeinig ins Haus. Fritz und Gerhard waren nun das Futter für die russischen Kanonen geworden.

„Kanonenfutter", murmelte Ewald.

„Erika kümmere dich um die Kinder. Ich muss mich niederlegen."

„Papa", stammelte sie „Gerhard, sie kommen nie mehr wieder", schluchzte sie, so dass sie mit ihren Tränen die anderen Geschwister ansteckte.

Und in ihrem ehelichen Schlafzimmer gab sich Marga ihrem Schmerz hin.

Das Leben ging trotzdem weiter.

Die Familie hielt zusammen, bis sie im Oktober 1944 aufgefordert wurde, Ostpreußen zu verlassen.

Die Rote Armee rückte von Osten immer näher. Kanonendonner wurde von Tag zu Tag lauter. Die Gefahr von den Russen überrannt zu werden, wurde ständig größer. Daher wurde es Zeit, die Heimat zu verlassen.

Margas Eltern und ihre beiden Schwestern, sind nach Uelzen geflüchtet, gemeinsam mit einem Freund, der sie auf der Ladefläche seines Lastautos mitnahm.

Die Trennung von den Schulfreunden fiel den Kindern sehr schwer, und es flossen schon wieder Tränen.

Marga musste stark bleiben. „Bündelt eure Wäsche und Kleidungsstücke zusammen", befahl sie. „Wir bekommen einen Pferdewagen gestellt."

Bis Danzig fuhren sie mit dem Fuhrwerk.

Dann bekam die kinderreiche Familie Belau, Plätze in einem Zug zugewiesen, der sie nach Dresden transportierte. Hier stiegen sie in eine Kleinbahn, mit der sie weiterfuhren. Auf einem Bauernhof in einem kleinen Dorf, in der Nähe von Dresden, wurde Familie Belau einquartiert.

Hier wurden sie von der alten Bäuerin und ihrem noch älteren Vater verpflegt.

Ein paar Monate mussten sie den grausamen Krieg noch erdulden.

Jedoch im Mai 1945 brach das gebeutelte deutsche Volk in Jubel aus.

Der Krieg, die Geißel der Menschheit, hatte ausgedient.

Hitler hatte Selbstmord begangen.

Du kannst wieder ruhig schlafen, deutsches Volk, die Bombennächte sind Vergangenheit.

Das war zwar richtig, nur mit dem Schlaf, in Ostdeutschland, war das so eine Sache.

„Die Russen vergewaltigen alle Frauen und Mädchen", verbreitete sich eine Schreckensmeldung wie ein Lauffeuer.

Marga überlegte, wie sie es verhindern kann, dass ihre Töchter vergewaltigt werden?

„Erika, Edith, Traute, Herta, wenn sich die Russen nähern, müsst ihr euch sofort verstecken."

„Warum, Mama", fragte die 10jährige Herta.

„Erika und Edith, wissen es. Du und Traute, ihr habt ihnen zu gehorchen", war es Marga peinlich den beiden jüngeren Töchtern zu erklären, was es mit einer Vergewaltigung auf sich hatte.

„Im Stroh, in der Scheune baut ihr euch Höhlen. Ewald wird euch dabei helfen."

Sicher im Stroh verborgen, entgingen die Mädchen den Übergriffen der russischen Soldaten.

Nur Marga, die 41 Jahre alt und noch hübsch anzuschauen war, wurde einmal vergewaltigt.

Ein zweites Mal nicht mehr. Sie hatte sich auch eine Höhle gebaut.

Ein Mann, in abgetragener Soldatenuniform, näherte sich im August des Jahres 1945 dem Bauernhof.

Die Kinder schauten auf.

„Mama, da kommt jemand!" rief der 4jährige Dieter. „ Ein Mann mit zwei  Stöcke!"

Marga trat vor der Haustür.

Sie musste nicht lange schauen.

„Gerhard!" rief sie und lief ihm entgegen.

Gerhard ließ die Gehhilfen fallen. Weinend sank er der Mutter in die Arme.

„Das du da bist, das du da bist. Der liebe Gott hat dich mir zurückgegeben", stammelte sie.

Den herbeigeeilten Geschwistern liefen ebenfalls die Freudentränen aus den Augen. Sie umringten ihren Heimkehrer und geleiteten ihn ins Haus.

„Wie siehst du denn aus?" staunte Dieter, der mit seinen vier Jahren noch unbefangen war.

„Ich komme aus russischer Gefangenschaft. Weil ich durch eine Kriegsverletzung sehr schlecht laufen und nicht arbeiten kann, können die Russen mich nicht gebrauchen. Sie hatten eure Adresse ausfindig gemacht, mich in die Eisenbahn gesetzt und abgeschoben. Der Leidensweg in einem Arbeitslagers war mir erspart geblieben."

„Dafür danke ich dem Herrgott", sagte Marga. „Alle meine Kinder haben den schrecklichen Krieg überlebt."

„Hoffentlich auch Papa", entfuhr es der 10jährigen Herta.

Marga drückte die Kleine liebevoll an ihre Brust. „Wir wollen ganz toll an deinen Papa denken, dann kommt er ganz bestimmt nach Hause."

„Hast du Papa gesehen, Gerhard?" erkundigte sich Dieter.

„Nein."

„Lebt er noch?"

„Das weiß ich nicht, lieber Dieter."

Die Nachforschungen bei der russischen Kommandantur blieben erfolglos. Sie wussten nichts von dem Verbleib eines Fritz Belau.

Somit blieb er verschollen.

Jahre der Not und Entbehrung folgten. Marga und ihre acht Kinder wurden von der Gemeinde finanziell unterstützt. Was hatte das Geld für einen Sinn, wenn es weder Lebensmittel, Kleidungsstücke noch Heizungsmaterial zu kaufen gab.

Marga stellte 1950 einen Ausreiseantrag. Mit Rücksicht auf Gerhards Versehrtheit, wurde dem Antrag stattgegeben und Familie Belau durfte die DDR verlassen. Sie fuhren nach Düsseldorf, in die Stadt, in der Fritz das Licht der Welt erblickt hatte.

Einer Mutter, mit acht, zum Teil noch minderjährigen Kindern, wurde rasch geholfen und eine Wohnung zur Verfügung gestellt.

Gerhard bekam als Kriegsinvalide eine kleine Rente und Marga wurde vom Sozialamt so lange unterstützt, bis sie eine Arbeit fand.

Viele Jahre waren verstrichen.

Heinz und Dieter lebten noch gemeinsam, mit ihrem behinderten Bruder, in der mütterlichen Wohnung.

Es schellte an der Wohnungstür. Dieter öffnete und stand einem fremden Mann gegenüber. „Was wünschen Sie?" fragte er.

„Wohnt hier Familie Belau?" erkundigte sich der Fremde.

„Dieter, mit wem sprichst du?" rief Marga aus der Küche.

„Mit einem Mann!"

„Augenblick, ich komme."

Dieter trat zur Seite und Marga schaute dem Fremden prüfend ins Gesicht.

„Fritz!"

„Marga!"

Marga ergriff seine Hände und zog ihn zur Tür herein.

Weinend warf sie sich in seine ausgebreiteten Arme. „Endlich bist du da", fuhr sie ihm über die eingefallenen Wangen.

„Heinz, Dieter, Gerhard, kommt her, begrüßt euren Vater."

Heinz und Dieter, waren im Jahre 1943, als die deutsche Wehrmacht ihren Vater von der Arbeitsstelle abgeholt, und zum Kämpfen an die Front geschickt hatte, so jung gewesen, dass sie sich an ihren Vater nicht mehr erinnern konnten.

Er war für sie ein Fremder.

„Wo kommst du her, Fritz?" schaute Marga ihren Mann fragend an.

„Aus der Gefangenschaft."

„1963, fasst zwanzig Jahre nach Kriegsende gibt es doch keine Gefangenenlager mehr. Bundeskanzler Adenauer war doch nach Moskau gereist, um die Sowjets zu bewegen, alle Kriegsgefangenen freizulassen. Was ihm auch gelungen ist."

„Ich musste in Sibirien Straßen bauen. Ich durfte und konnte mich bei euch nicht melden. Meine Erfahrungen im Straßenbau waren für die Russen von großem Nutzen."

„Und jetzt haben sie dich entlassen?" wunderte sich Marga.

„Ich bin krank."

„Was fehlt dir denn?" zitterte ihre Stimme.

„Ich habe Magenkrebs. Im Endstadium. Ich bin ein Pflegefall. Für die Sowjetunion nicht tragbar."

„Morgen gehst du zu meinem Hausarzt, der dich in eine Klinik einweisen wird. Die Ärzte werden dir helfen", gab sie sich zuversichtlich.

„Lass mal, liebe Marga. Ich komme direkt aus einer guten Klinik in Moskau.

Ich bin sterbenskrank. Kann ich nicht bis zu meinem bitteren Ende bei dir bleiben, Marga?"

„Erst wirst du dich untersuchen lassen, dann sehen wir weiter. Wir beide haben schließlich zwei

Weltkriege überlebt, da wird es uns wohl gelingen deine Krankheit zu besiegen", sprach sie ihm Mut zu.

Die Ärzte in Düsseldorf, die Fritz auf den Kopf gestellt hatten, waren sich einig: Fritz Belau wird die kommenden drei Monate nicht überleben.

Im November des Jahres 1963 trugen Marga und ihre acht Kinder ihren Vater zu Grabe. Ihnen war keine Zeit geblieben, ihren fremdgewordenen Vater erneut in ihrer Mitte aufzunehmen.

Um Marga, die Fritz bis zum letzten Atemzug gepflegt hatte, war es still geworden.

Ihr Lieblingssohn, Gerhard, der durch die Kriegsverletzung ihr Sorgenkind geworden war, hatte eine liebe Frau gefunden und war ausgezogen.

Die anderen Kinder hatten ebenfalls einen eigenen Hausstand gegründet.

Marga zog um und bewohnte nun ganz alleine eine kleinere Wohnung.

Wenn die Kinder zu Besuch kamen, was mehrmals im Jahr der Fall war, herrschte Leben in ihren vier Wänden.

Es wurde gelacht und gewitzelt. „Weißt du noch?" hieß es dann immer wieder. „Wie Gerhard nach dem Schlachtfest so viele Würste in sich hineingestopft hatte, dass er Stunden lang auf dem Plumpsklo sitzen musste."

„Oder Edith von einem Schafbock in eine Jauchengrube gestoßen wurde."

„Sie stank fürchterlich und musste von Mama in der Badewanne abgeschrubbt werden."

Diese ernsten und heiteren Gespräche hielten Marga noch einige Jahre am Leben.

Aber an einem sonnenreichen Tag, im Juli des Jahres 1988, als Erika Margas Wohnungstür aufschloss und nach ihrer Mutter rief, bekam sie keine Antwort.

Sie betrat das Schlafzimmer. „Mama, du liegst noch im Bett, es ist Mittagszeit."

„Ich weiß, mein Kind, aber ich bin so müde."

„Mama!" warf sich Erika weinend auf ihre Mutter.

„Still, mein Kind, der Herrgott ruft mich zu sich. Rufe deine Geschwister."

Ein paar Stunden später, als alle Kinder, Mutters arbeitsreiche Hände streichelten, schlief Marga so still und friedlich ein, wie sie gelebt hatte.

Acht erwachsene Kinder lagen sich in den Armen und weinten am Grab ihrer geliebten Mama, die zu Lebzeiten heimlich gebetet hatte:

„Lieber Gott, lass es nicht zu, dass eines meiner Kinder früher stirbt als ich."

# Der geschmiedete Jüngling

„Mein geliebter Sohn, du musst dein Vaterhaus verlassen, dein Bruder, mein Erstgeborener hat eine Jungfrau gewählt, die er morgen als seine Gemahlin heim führen wird. Für dich ist kein Patz mehr in meinem Haus", hatte der Bauer seinem zweitgeborenen Sohn fünf Dukaten in die Hand gedrückt. „Vermehre dein kleines Vermögen und kehre als wohlhabender Mann heim", hatte er mit abgewandtem Gesicht hinzugefügt.

„Ich danke Euch, Herr Vater, erlaubt Ihr mir, mein Pferd Apoll mitzunehmen?" fragte Sigismund.

„Apoll ist dein, mit deiner Hilfe hat er als Fohlen das Licht der Welt erblickt. Euch beide zu trennen, wäre herzlos, geliebter Sohn. Und nun gehe hin und nimm Abschied von deinem Bruder und deiner Mutter."

Mit seinem kleinen Hab und Gut, in zwei Beutel verstaut, bestieg Sigismund sein Pferd, winkte seinem Bruder und seinen Eltern einen letzten Abschiedsgruß und ritt der aufgehenden Sonne entgegen.

„Mein lieber Apoll, werden wir in der Fremde unser Glück finden?", sprach der achtzehnjährige Sigismund vor sich hin. „Bist du zuversichtlich, mein treuer Apoll? Du schnaubst", lachte der junge Mann. „Dann lass es mich glauben, dass uns die Fremde glücklich empfangen wird."

„Halt!" aus einem Gebüsch trat ein Mann hervor, der so dünn war, wie eine Bohnenstange. Seine Haare und sein Bart verdeckten das halbe Gesicht.

„Wohin des Weges?" fragte er mit einer Bassstimme, die zu seinen Körperformen nicht zu passen schien.

„Mein Glück zu suchen", antwortete Sigismund.

„Dann lass mich, dir behilflich sein", dröhnte sein Bass. Mit einem Sprung saß der Fremde hinter Sigismund auf dem Rücken des Pferdes.

Der junge Bauernsohn lachte. „Und wo führt Euch Euer Weg hin?"

„Zur Schmiede des Lebens", gab der Mann Auskunft.

„Liegt die Schmiede auf unserem Weg?"

„Dein Pferd kennt den Weg. Lass es laufen."

„Wie lautet Euer Name?" fragte Sigismund.

„Man nennt mich, „der von dem anderen Stern."

Plötzlich blieb Apoll stehen. Trotz des guten Zuredens, war der Rappe nicht gewillt weiterzugehen.

„Lass uns hier lagern", schlug der von dem anderen Stern vor. „Dein Pferd braucht die Zeit der Schonung und der Ruhe."

Als die Dunkelheit hereinbrach, richteten sie ihr Lager und wickelten sich in Säcke und Pferdedecken ein. Apoll legte sich neben Sigismund und wärmte ihn mit seinem Körper.

„Brav, Apoll", geflüstert Sigismund, schloss die Augen, und im Nu hatte ihn der Schlaf übermannt. Geweckt hatte ihn ein Geräusch. Er erhob sich, schaute auf den Fremden, der tief und fest schlief. Er ging dem Geräusch nach und traf auf einen hünenhaften Mann, dessen Körper wie ein Kaminfeuer glühte.

„Wer seid Ihr, Herr?" fragte Sigismund.

„Ich bin der Schmiedemeister. Komm näher, Sigismund", dröhnte sein Bass durch die Nacht.

„Herr, Ihr nennt meinen Namen, wie ist das möglich?" horchte Sigismund auf.

„Du bist mir prophezeit worden. Aber nun tritt näher, Sigismund."

Wie unter Zwang schritt Sigismund auf den Schmiedemeister zu. „Da bin ich, Herr. Was habt Ihr mit mir vor? Ich sehe einen großen Hammer in Eurer Faust? Werde ich von Eurer Hand gemeuchelt?"

154

„Leg deinen Kopf auf den Amboss, Sigismund", befahl der Schmied. „Ich muss dich formen."

„Herr!" rief Sigismund. „Ihr werdet mich erschlagen!"

„Niederlegen, Sigismund", erklang die Stimme so sanft, dass Sigismund sich nicht widersetzen konnte.

Sigismund legte den Kopf auf den Amboss und der Schmiedemeister schlug zu.

„Zuerst wird deine Stirn gehärtet, dann deine Wangen und danach dein Kinn. Und weil deine Augen stahlblau sind müssen sie nicht bearbeitet werden."

Sigismund glühte, wie heiße Kohlen. Bei jedem Hammerschlag stöhnte er.

„So ist es recht. Je lauter du stöhnst umso härter wird dein Kopf", frohlockte der Schmied.

Endlich waren Stirn, Wangen und das Kinn so gehärtet, dass der Kopf abkühlen konnte.

„Leg deinen Oberkörper auf den Amboss. Schultern, Brust und Arme müssen stahlhart geschmiedet werden."

„Herr, gebt Ruhe", bat Sigismund. „Die Hitze verbrennt mich."

„Das wird nicht geschehen", wehrte der Schmiedemeister ab. „Ich muss dich bearbeiten. Niederlegen", befahl die sanfte Stimme.

Sigismund gehorchte der Stimme zwanglos, und stöhnte erneut unter den Schlägen, die seine Schulter, seine Brust und seine Arme trafen.

„Zu guter Letzt sind die Beine und die Füße an der Reihe. Sie müssen so stämmig wie Säulen werden."

„Herr, meine Beine und Füße tragen mich überall hin. Gebt Ruhe."

„Du musst auf deinen Beinen felsenfest stehen", schlich sich die beruhigende Stimme in sein Herz, und wehrlos legte Sigismund die Beine auf den Amboss.

Oberschenkel, Waden und Füße wurden mit Hammerschlägen geformt und gehärtet und jeder Schlag wurde von Sigismund mit Gestöhne begleitet.

Ein letzter Schlag, ein langer Seufzer und Sigismund stand allein in der Finsternis. „Wo bin ich? Herr Schmied, wo seid Ihr!?" rief er.

Keine Antwort, nur Apoll trabte schnaubend herbei.

Auf Apoll ritt er zum Lagerplatz zurück. Seine Habseligkeiten lagen am Erdboden.

Das spindeldürre Männlein war nicht mehr anwesend.

„Der von dem anderen Stern hat uns verlassen", sagte er, packte alles am Boden liegende zusammen, schwang sich auf sein Pferd und ritt der aufgehenden Sonne entgegen.

Nach stundenlangem Ritt wurde Sigismund aufgehalten. Apoll hatte geschnaubt und war augenblicklich stehengeblieben. Vor seinen Vorderhufen, war wie aus dem Nichts, eine kleine menschliche Gestalt aufgetaucht. „Wohin des Weges". hob der zwergenhafte Mensch den Kopf und tiefschwarze Augen blickten Sigismund zwingend an.

„Aufs Gradewohl. Wohin mich das Schicksal treibt", hatte Sigismund geantwortet.

„Mach Platz auf deinem Pferd. Ich will mit reiten", forderte die kleine Person. „Meine Füße können mit deinem Pferd nicht mithalten. Ich bitte dich", forderte ihre liebliche Stimme. „Hilf mir in den Sattel", streckte sie ihm ihre kleinen Hände entgegen.

Die Hammerschläge hatten auch sein Herz verhärtet. „Ich kenne dich nicht. Ein Kind sollte sich von Fremden fernhalten. Geh zu deinen Eltern. Sie werden sich um dich sorgen", wehrte er ihre Bitte hartherzig ab.

Apoll hatte geschnaubt, sich niedergelegt, so dass die Kleine aufsteigen konnte. Sie umfasste Sigismund sofort von hinten, und ließ sich auch nicht abschütteln.

„Steig ab!" rief er, aber Apoll erhob sich und setzte sich sofort in Bewegung.

„Du klammerst wie eine Klette, die bei meinem Vater auf den Feldern wächst", brummte der Jüngling.

„Ich muss mich festhalten um nicht herabzufallen", hielt sie dagegen.

„Ich habe dich nicht gebeten, mir Gesellschaft zu leisten."

„Ich werde schweigen bis wir einen Lagerplatz erreichen", versprach die Kleine.

Die Dämmerung senkte sich über die Natur, und Sigismund hielt nach einem Platz zum lagern Ausschau.

„Hier, an dieser Stelle könnten wir unser müdes Haupt zur Ruhe betten", machte sich der Winzling nach stundenlangem Ritt bemerkbar.

Apoll gehorchte und sank in die Knie. Die kleine Person stieg ab, bereitete sich ein Lager aus Zweigen und Laub zu, ließ sich darauf nieder und schlief sofort ein.

Sigismund schlief auf einem Sack und einer Pferdedecke. Apoll wärmte ihn auch in dieser Nacht mit seinem Körper.

Sigismund erwachte. Apoll hatte sich erhoben. Dem Jüngling wurde es kalt. Er hob den Kopf und schaute zu seiner Begleiterin hinüber, die ganz entspannt schlief.

„Sigismund!" rief eine Frauenstimme.

„Wer ruft da?" horchte er auf.

„Komm zu mir, Sigismund", lockte ihn die unsichtbare Stimme.

„Ich komme", erhob er sich.

Er schritt auf ein schimmerndes Licht zu, das von Schritt zu Schritt heller wurde.

Eine Frauengestalt tauchte vor ihm auf.

„Wer seid Ihr, Herrin?" erkundigte sich der Jüngling mit fester Stimme.

„Ich bin die Schmiedemeisterin", gab sie ihm Auskunft.

„Was ist Euer Begehr, Herrin?"

„Durch die Hammerschläge meines Vaters ist dein Herz verhärtet worden. Ich muss die eine Hälfte wieder weichklopfen."

„Ich lasse es nicht zu, mich wieder zu schmieden."

„Sigismund, nimm Platz auf dem Amboss", wurde ihre Stimme nicht nur einschmeichelnd sondern auch sehr bestimmend, und Sigismund fühlte sich zum Amboss hingezogen. Wehrlos gehorchte er der                                                        Frau.

„Euch ist mein Name bekannt?" staunte Sigismund.

„Du bist mir prophezeit worden", antwortete sie kurz angebunden und holte aus ihrem weiten Gewand einen Hammer hervor, der kaum fünf Zentimeter lang war.

„Der linke Herzmuskel wird zu einem Kämpferherzen geschmiedet. Den rechten Herzmuskel werde ich weichklopfen, so dass er den Menschen mit Liebe und Güte begegnet", sagte die Schmiedemeisterin und hämmerte auf die Brust von Sigismund herum, so dass er einmal schmerzhaft aufstöhnte und ein andermal wohlig und zufrieden seufzte.

„Meine Arbeit ist vollbracht. Zieh fortan durch die Welt und erfülle deine Pflicht."

„Meine Pflicht, Herrin?" fragte Sigismund. „Ich fasse deine Worte nicht?"

„Es geht die Mär durch das Land, dass ein geschmiedeter Jüngling kommt, der eine Königstochter aus einer großen Not retten wird."

„Wo finde ich diese Königstochter? Befindet sie sich bereits in Gefahr? Und wie groß ist ihre Not?"

„Das ist nicht bekannt", antwortete die Schmiedemeisterin. „Die Prinzessin befindet sich wohlauf im Palast ihrer Eltern. Lass dein Pferd traben, Sigismund, es findet stets den rechten Weg", erklang nun die Stimme der Frau aus weiter Ferne und Sigismund stand allein im dunklen Wald.

„Apoll", rief er. Und schnaubend kam das Pferd angetrabt.

Er ritt zu seinem Lagerplatz zurück und musste feststellen, dass die kleine Person verschwunden war. „Recht so", brummte er. „Machen wir uns auf den Weg, Apoll. Was mag mich nur so rastlos vorantreiben? Du weißt es nicht, bist ebenso ahnungslos wie ich. Vorwärts"

Das Pferd schnaubte und legte im Trab viele Meilen des Weges zurück.

Vor Sigismund tauchten die Mauern einer Stadt auf. „Wir werden uns in der Stadt eine Herberge suchen. Wir werden speisen, unseren Durst löschen und in einem warmen Alkoven lagern. Und du, Apoll bekommst saftiges Futter vorgesetzt und eine Strohunterlage für die Nachtruhe."

Apoll schnaubte und Sigismund machte sich mit lautem Klopfen an dem Stadttor bemerkbar. Sein

Faustschlag wirkte wie ein Schmiedehammer, der das Tor erbeben ließ.

„Wer seid Ihr?"

„Ein müder Reitersmann begehrt Einlass in eine Herberge!"

„Verfügt Ihr auch über Dukaten?"

„Gewiss doch", gab Sigismund dem Manne hinter dem Stadttor Bescheid.

„Dann sei Euch Einlass gewährt", wurde das Tor geöffnet und Sigismund suchte sofort die nächstliegende Herberge auf.

„Wie lange gedachte Er, zu bleiben", fragte ihn der Herbergswirt. Sigismund hatte geantwortet, dass er darüber nachdenken würde. Für zwei Dukaten würde der Wirt, Sigismund und seinem Pferd Speise, Trank und ein Nachtlager gewähren.

Sigismund war damit einverstanden. Der Wirt versorgte Apoll, bevor er Sigismund Fleisch, andere Speisen und einen Humpen Gerstensaft auftischte. So köstlich hatte Sigismund selbst bei seinen Eltern nicht getafelt.

Müde geworden von dem berauschenden Gerstensaft zog sich Sigismund in die Schlafkammer zurück, die er mit drei Reisenden teilen musste.

Der Morgen graute bereits, als es lärmte und Sigismund erwachte. Er hörte den Straßenlärm. "Der König kommt", vernahm er nur.

Apoll hatte mehrmals gewiehert. Sigismund sprang von seinem Lager, ergriff seine Habseligkeiten und lief aus dem Haus.

„Der König naht, werft Euch zu Boden, huldigt dem großen erhabenen Herrscher!" rief der Wirt.

Der linke gehärtete Herzmuskel schlug wie ein Hammer in der Brust und Sigismund stand aufrecht vor dem König.

Unerschrocken blickte er den König an, der es nicht gewohnt war, dass das niedere Volk es wagte, ihn mit Blicken zu beleidigen.

„Er!" warf der König einen Blick auf Sigismund. „Schafft ihn beiseite!" befahl er seiner Leibwache. „Lasst ausrufen, dass meine Schatzkammer dem Ritter gehört, dem es gelingt, meine liebliche Tochter, Prinzessin Honigmond, dem Unhold zu entreißen!" wendete der König sein Pferd und wandte sich wieder seinem Palast zu.

Die Leibwache, die Sigismund abdrängen sollte, wurde von Sigismund zur Seite geschleudert und ehe sich die Männer aufgerappelt hatten, saß Sigismund bereits auf seinem Ross und galoppierte zum Stadttor hinaus.

Draußen empfingen ihn Kampflärm und Schmerzensschreie.

„Schneller, Apoll!" ermunterte er sein Pferd.

Auf seinem Weg zum Kampfplatz ritt er an Ritter vorbei, die sich am Boden wälzten. „Er meuchelt uns! Kehrt zur Stadt zurück!" riefen sie ihm zu.

Sein linker Herzmuskel klopfte rasend schnell, gerüstet für den Kampf mit dem Entführer. Sein rechter Herzmuskel schlug weich und warm für das Königskind.

Als Sigismund auf den Kampfplatz erschien, fiel soeben der letzte Ritter.

Sigismund erschrak nicht, als er den Unhold sah.

Seine Beine waren so dick wie Baumstämme, die einen mächtigen Körper trugen. Seine Arme waren so dick wie Schlangen. Und aus seinem Kopf wuchsen zwei Hörner.

„Jüngling du bist unbewaffnet, dich zerquetscht mein rechter Arm", schnaubte er wie ein wilder Stier

In dem meterlangen linken Arm hatte er die Prinzessin eingewickelt. Mit der rechten Hand holte er zum Schlag aus.

Die linke Herzhälfte trommelte wie wild in die Brust von Sigismund. Er ergriff den Arm mit seiner eisernen Faust und brach ihn entzwei.

Der Unhold schaute auf seinen rechten Arm, der kraftlos herabhing. „Meine Hörner werden dich aufschlitzen", geiferte er und rammte sie Sigismund in die Brust.

Seine Hörner brachen entzwei. Er ließ die Prinzessin fallen und wandte sich erneut Sigismund zu.

„Apoll!" rief Sigismund. Apoll trabte herbei, die Prinzessin sprang auf seinen Rücken, und der Rappe trug sie aus der Gefahrenzone.

Sigismund packte blitzschnell zu, ergriff den Arm des Gegners, zog ihn in die Höhe und drehte sich mehrmals um die eigene Achse. Dann schleuderte er ihn von sich.

Wie ein Windvogel segelte der Unhold davon und landete in einem nahen See.

„Hilfe, mich verschlingen die Wassermassen!" schrie das fremdartige Wesen.

Es versank und wurde nie mehr gesehen.

Sigismund bestieg sein Pferd, die zwölfjährige Prinzessin hielt sich an seinem Rücken fest, und im Galopp ging es zur Stadt zurück.

„Hoch lebe unsere Prinzessin und der mutige Held!" jubelten die Einwohner.

Als die Prinzessin seine Hand ergriff und sich bei ihm bedankte, wurde seine rechte Herzkammer ganz weich, so dass er sich vor dem König niederwarf.

„Erhebe Er sich", sagte der König. „Wie ist Sein Name?"

„Sigismund", antwortete der Jüngling mit fester Stimme. Seine linke Herzhälfte schlug wieder kräftiger. Deshalb stand er dem König unerschrocken gegenüber.

„Meine Schatzkammer habe ich dem Helden versprochen, der mein Kind aus den Klauen des Ungeheuers errettet. Er, Sigismund ist der Held, Er kann in meine Dienste treten und sich meiner Leibwache anschließen."

„Majestät, ich würde gerne zu den Meinen zurückkehren, wenn Ihr es erlaubt", lehnte Sigismund das Angebot ab.

„Ich werde zwei Esel mit den versprochenen Schätzen beladen lassen, so dass Er sich im Morgengrauen auf dem Heimweg machen kann."

So geschah es, dass Sigismund heimwärts ritt und zwei beladene Esel mit sich führte, die zwei große und zwei kleinere Kisten trugen. Ein Dutzend Wegelagerer hatten ihn angegriffen, um ihm seiner Schätze zu berauben.

Sigismund hatte sie weit von sich geschleudert, und anschließend unbehelligt seinen Weg fortgesetzt.

In der Nacht war er erwacht. Apoll, der neben ihm lag, hatte geschnaubt und sich erhoben.

„Sigismund", wurde er angerufen.

„Wer ruft da!?"

„Der Schmiedemeister. Erhebe dich, Sigismund", wurde die Stimme fordernd.

„Was ist Euer Begehr, Schmiedemeister?" schaute er den Schmied an.

„Um deinem stählernen Körper wieder menschliche Formen zu geben, muss ich dich in die Kohlenesse schieben."

„Wollt ihr mich verbrennen!?" fuhr Sigismund zurück.

„Das Feuer wird dir wohltun. Leg dich nieder. Ich werde dich hineinschieben!" befahl er dem Jüngling.

Sigismund fühlte sich nach dem Feuerbad wie neu geboren, hatte er doch seinen menschlichen Körper wieder bekommen.

„Als Lohn bekomme ich eine kleine Kiste mit den Schätzen, die du mit dir führst", sagte der Schmied und griff nach der Kiste. „Ich war das spindeldürre Männlein auf dem Rücken deines Pferdes!" rief er noch, dann wurde er unsichtbar.

Seine gehärtete linke Herzkammer bäumte sich auf. Seine rechte weiche Herzkammer beruhigte ihn.

Auf dem Heimweg stritten seine beiden Herzhälften solange bis er sich zum Schlafen niederlegte.

„Sigismund!"

Der Jüngling erwachte, Apoll stand neben einer fremden Person. „Die Schmiedemeisterin", entfuhr es Sigismund. „Was verheißt mir Euer Besuch mitten in der Nacht?"

„Den linken Herzmuskel muss ich wieder weichklopfen."

„Und die kleine Schatzkiste fordern", stellte Sigismund fest.

„Gewiss", bestätigte die Schmiedemeisterin. „Wenn du meinen Dienst ablehnst, wird sich dein Herz für alle Ewigkeit streiten und es findet keine Ruh."

„So waltet Eures Amtes." Sigismund gab sich den zarten Hammerschlägen hin und sein Herz hüpfte vor Freude in der Brust.

„Und nun gehört mir die kleine Schatzkiste. Ich war das kleine Kind auf dem Rücken deines Pferdes", sagte sie, griff nach der Kiste und wurde unsichtbar.

„Mir bleiben noch zwei große Schatztruhen", lachte er und Apoll schnaubte dazu.

Gutgelaunt ließ er Apoll laufen, bis er sich dem elterlichen Gehöft näherte.

Sein Bruder beackerte den Erdboden und schaute auf, als der Hufschlag eines Pferdes seine Ohren traf. „Sigismund!" rief er so laut, dass er im Elternhaus gehört wurde.

Vater, Mutter, Bruder und Schwägerin liefen ihm entgegen und hießen ihn herzlich willkommen.

„Ich bin mit Schätzen beladen", begann Sigismund von seinen Abenteuern zu erzählen. „Ich werde mich im Dorf ansiedeln, Land kaufen und es so bewirtschaften, wie ich es von Euch gelernt habe, Herr Vater", lächelte er seiner Familie zu.

„Und eine Jungfer freien", lachte der Bruder.

„Wenn sich die Rechte findet", gab Sigismund zurück.

„Wenn die Jungfrauen erfahren, dass ein wahrer Held mit Vermögen heimgekehrt ist, wird sich die Rechte bald einstellen", äußerte sich die Mutter.

„Meine Jugendgespielin wäre mir sehr recht", verriet Sigismund.

„Soll ich die Jungfrau, Heidelinde einladen?"

„Ich bitte darum Herr, Vater, damit ich Heidelinde meine Brautwerbung bekannt geben kann."

„Dann wird bald Verlöbnis gefeiert", freute sich der Bruder.

„Mit der gesamten Dorfgemeinschaft", bestätigte Sigismund.

# Die Römer kommen

Ein etwa 50jähriger Mann schritt durch die Straßen Roms. Er zog die Blicke auf sich. Seinen Kopf zierte ein goldener Helm. Zum Schutze seiner Brust trug er ein Panzerhemd. Der knielange Faltenrock und der rote wertvolle Schulterumhang vervollständigten seine Kleidung. Die mit Schnüren befestigten Sandalen schützten seine nackten Füße.

Helm und Brustpanzer glänzten in der aufgehenden Sonne.

„Wer sind Sie?" fragten ihn ein paar Männer und musterten seine kriegerische Aufmachung.

„Ich bin ein Zenturio und möchte mit „Ihr" angesprochen werden", klärte er die Leute auf.

„Der Herr Offizier wählt die antike Sprache", lachte ein junger Mann. „Ihr befindet Euch sicherlich auf dem Weg ins Opernhaus. Als Statist oder gar als Schauspieler?" konnte er es sich nicht verkneifen, belustigt hinzuzufügen.

„Keineswegs", wehrte der Zenturio ab. „Ich bin im Begriff eine Legion zusammenzustellen und suche freiwillige römische Bürger."

„Sicherlich für einen Feldzug!" lachten ein paar temperamentvolle Römer und die Menschenmenge, die sich inzwischen angesammelt hatte, lachte laut Hals mit.

„In der Tat. Ich plane einen Feldzug gegen die Germanen!" wurde der Zenturio sehr laut und griff blitzschnell nach seinem Schwert.

Die Kinder, die sich herangewagt hatten, den edlen Krieger aus greifbarer

Nähe betrachten zu können, zuckten erschrocken zurück, angesichts seiner kräftigen Stimme und seiner funkelnden Augen.

„Ihr meint doch sicherlich Deutschland?" rief eine Frauenstimme.

„Heute heißt Germanien Deutschland", gab der Zenturio zu und verriet seinen Landsleuten, dass er in Deutschland studiert hätte. „Aber das sollte mich von meinem Plan nicht abbringen, römisches Eigentum gegen Plünderer und Diebe zu schützen. Dafür würde ich sogar zur Waffe greifen."

„Ich verstehe Euch nicht. Was hat das römische Eigentum auf Deutschem Boden mit Eurem Aufmarsch zu tun?" ließ ein Mann nicht locker den Zenturio, den er für einen Spinner hielt, in die Enge zu treiben.

Dieser jedoch wusste sich mit klugen Worten zu verteidigen. „Altertümer, aus der römischen Zeit in Germanien, wurden bis auf kümmerliche Reste, abgebaut und gestohlen. Diese restlichen Werke, wie zum Beispiel die römische Mauer in der Eifel, müssen wir der Nachwelt erhalten", sagte der Zenturio, und weil er erkannt hatte, dass die Leute inzwischen ihren Verstand eingeschaltet hatten, nutzte er die Gelegenheit, sprang auf ein parkendes Auto und hielt eine feurige Rede: „Liebe Römer, denkt an eure Herkunft! Eure Urväter werden ruhiger schlafen, wenn sie vom Himmel herabschauen und feststellen, dass wir ihre Leistungen zu würdigen wissen. Daher müssen wir uns auf den Weg machen und uns persönlich darum kümmern. Ich werde euch einkleiden und bewaffnen! Römische Kleidung und Waffen stelle ich euch zur Verfügung. Mein Name ist Gelatus Pizzarinus. Telefonisch bin ich täglich zu erreichen. Für Rom!" rief er über die Menschenmenge hinweg und wirbelte sein Schwert durch die Luft.

„Für Rom!" kam das Echo aus dem Volk zurück.

Innerhalb weniger Tage hatte der Zenturio 40 junge Männer und Frauen für sein Vorhaben gewinnen können. Freudestrahlende Gesichter schauten ihn an, als sie das römische Schiff betraten und von Rom Abschied nahmen. Den meisten war die germanische Sprache nicht geläufig,

jedoch Zenturio Pizzarinus beherrschte sie ausgezeichnet.

Sechszehn muskulöse Ruderer trieben das historische Schiff, das den Namen „Stella Noviomagi"
trug, mit kräftigen Ruderschlägen vorwärts. Sie
fuhren durch Flüsse und Kanäle, erreichten die
Mosel und legten in Neumagen-Dhron an.

Die Legion verließ das Schiff und marschierte im
Gleichschritt über die Berge und durch die Täler.
Angetrieben wurde die Streitmacht mit Trom-
meln, Pauken und Trompeten.

Wo sie auftauchten wurden sie misstrauisch be-
trachtet und bestaunt. So eine Einheit war nicht
zu übersehen. Auch von Fritz Maurer nicht, der
sein Auto zum Stillstand brachte. „Ihr befindet
euch auf dem falschen Weg! Trier liegt an der
Mosel. Euer Auftritt kann nur im Amphitheater
Trier stattfinden."

„Wir sind auf dem rechten Weg", widersprach
der Zenturio. „Unser Ziel ist nicht Trier sondern
Herforst, wo wir unsere eigene Theaterbühne
aufbauen werden."

„Aber in Herforst findet keine Theateraufführung
statt", wusste Fritz Maurer.

„Wir sind zum Schutze römischen Eigentums unterwegs", sagte der Zenturio und befahl seiner
Kohorte, den Marsch, fortzusetzen.

„Herr Bürgermeister, die Römer kommen", war Fritz Maurer in die Amtsstube gestürmt. „Eine ganze Einheit, bewaffnet mit Schwertern, Langspießen und Keulen! Frauen sind ebenfalls dabei. Die sind auch bewaffnet und sehen so kriegerisch aus wie die Männer."

Der Bürgermeister erblasste und fuhr in die Höhe. „Was reden Sie da für ein wirres Zeug. Sie, ein Mitglied einer Partei und im Gemeinderat von Herforst sitzend, sollten sich schämen im Alkoholrausch durch die Straßen zu laufen und möglicherweise auch noch betrunken Auto zufahren!"

Fritz Maurer, von der gegnerischen Partei, hatte laufend neue Ideen in den Gemeinderatsitzungen eingebracht. Die Gemeinde Herforst sollte mit schallschluckendem Material überdacht werden, gegen den Fluglärm, der ständig zugenommen hatte.

Soeben begann der Oppositionsführer zu widersprechen, dass er betrunken sei, da wurde er vom Bürgermeister unterbrochen. „Was ist das?" spitzte der Bürgermeister die Ohren.

„Das sind die Trommeln und Blasinstrumente der römischen Legionäre die durch unsere Gemeinde marschieren", antwortete Fritz Maurer.

Der Bürgermeister lief mit fliegenden Rockschössen durch das Dorf, blieb abrupt stehen und starrte auf die antike Aufmachung der Fremden, die soeben ihre Waffen ablegten. „Was hat das zu bedeuten!? Dieses Affentheater!? In meiner Gemeinde dürfen Sie ohne amtliche Genehmigung weder lagern noch irgendwelche Possen aufführen!" wurde er aufbrausend laut.

„Wir lagern nicht, wir bewachen das Eigentum unserer Vorfahren", trat der Zenturio unerschrocken auf. „Diesen winzigen Rest beschützen wir ab sofort vor Plünderei und Diebstahl. Wenn es sein muss, sogar mit Waffengewalt!" bekräftigte der Zenturio, zog sein Schwert und stieß es mit Gewalt in den germanischen Boden, direkt neben der etwa 10 Meter langen römischen Langmauer. Anschließend befahl er seinen Leuten, die Zelte aufzubauen.

„Dieses Kuckucksei hat mir die Opposition ins Nest gelegt", behauptete der Bürgermeister zornbebend und bohrte Fritz Maurer den Finger in die Brust.

„Das wird eine touristische Attraktion", freute sich Fritz Maurer und schlug sich lachend auf die Schenkel. „Wir werden im Internet damit Werbung machen", fügte er noch hinzu und schoss sofort ein paar Fotos.

„Sie, mit Ihren verrückten Ideen" winkte der Bürgermeister ab, und ließ seinen politischen

Gegner bei den Römern zurück. Im Eilschritt erreichte er sein Büro und warf die Tür geräuschvoll hinter sich ins Schloss.

„Römische Legionäre in Herforst", konnte man im Internet lesen.

Und die Fotos im Internet, die die kriegerische Aufmachung der Legion zeigten, waren eine Sensation. Die Idee mit der Werbung im Internet hatte wie eine Bombe eingeschlagen, und der Bürgermeister klopfte Fritz Maurer auf die Schulter. „Das ist Ihr Verdienst", sagte er wortkarg und wandte sich wieder seinem Schreibtisch zu.

In Scharen waren die Leute herbeigeeilt. Neugierige aus dem In- und Ausland.

Das Chaos wäre perfekt gewesen, hätten die Bürger in Herforst nicht sofort reagiert und Nutzen aus diesem Ansturm gezogen.

Sie stellten Schilder vor ihren Haustüren. „Zimmer zu vermieten", stand darauf geschrieben.

Hotelbetriebe wurden überschwemmt. Der Bürgermeister rieb sich die Hände „Diese Leute füllen unsere Steuerkasse."

„Und wem haben Sie das zu verdanken..." entfuhr es der Mitarbeiterin.

„Ich habe noch einiges zu erledigen", ergriff der Bürgermeister seine Jacke und erwähnte nur so nebenbei, dass er im Römerlager zu finden sei.

Inzwischen hatten findige Geschäftsleute die Römer mit einem Toilettenwagen versorgt, in dem sie sich auch waschen und duschen konnten.

„Ich habe nichts gegen einen friedlichen Aufenthalt in meiner Gemeinde einzuwenden", trat der Bürgermeister auf Zenturio Pizzarinus zu.

„Wenn Sie mir versprechen, dass die Mauer für die Nachwelt erhalten bleibt, bin ich bereit, meine Waffen niederzulegen", gab der Zenturio zu verstehen, dass er den Herrn Bürgermeister verstanden hatte. Und die Männer reichten sich die Hände.

Die friedliche Mahnwache wurde jedoch nicht von allen Bürgern der Gemeinde Herforst gutgeheißen.

Die Gemeinde war in zwei Lager gespalten.

Die Jenigen, die von den Legionären profitierten, waren die Hotelbetriebe, die Bäckereien, die Metzgereien und die Privatvermieter.

Der Verkehr in den Straßen hatte massiv zugenommen. „Wir fürchten um das Leben und die Gesundheit unserer Kinder!"

„Denkt doch an das Geld, das uns die Touristen einbringen", wurde den Ängstlichen entgegengehalten.

„Davon profitieren nur die Geschäftsleute und die Leute, die ein Zimmer oder eine Wohnung zu vermieten haben", lautete die Antwort.

Die Dorfjugend näherte sich neugierig dem Römerlager und die jungen Männer stellten fest, dass die Römerinnen nicht nur kriegerisch, sondern auch verdammt hübsch und rassig anzuschauen waren.

Und die jungen Mädchen aus dem Dorf blickten in die glutvollen schwarzen Augen der römischen Soldaten.

„Amore", war nicht nur ein Wort. Sie fand auch in den Zelten statt. Die Liebe ist nun mal international. Man verstand sich auch ohne Worte und beim Küssen spricht man halt nicht.

Ein paar Wochen später, in aller Herrgottsfrühe, wurden die Herforster mit Pauken und Trompeten aus dem Schlaf gerissen.

Der Bürgermeister war als erster aus dem Haus getreten und erstaunt stehen geblieben. „Liege ich mit meiner Vermutung richtig?" fragte er.

„Sie ahnen es. Wir haben unsere Zelte abgebaut", nickte Zenturio Pizzarinus. „Vier Wochen Urlaub sind zu Ende. Zuhause wartet Arbeit auf uns. Und

Sie versprechen mir, die Langmauer wie Ihren Augapfel zu hüten."

„Darauf gebe ich Ihnen mein Wort", verabschiedete sich der Bürgermeister mit einem Handschlag von Zenturio Pizzarinus und die Jugend lag sich küssend und weinend in den Armen, bis der Zenturio befahl: „Paukenschläger und Bläser voran. Kohorte, im Gleichschritt! Marsch!"

Die Marschmusik zog vorüber, wurde immer leiser, bis sie völlig verklungen war.

Nur eine letzte Träne haftete noch wie eine wertvolle Perle auf so manch einem Angesicht und erinnerte an den schmerzlichen Abschied.

# Die Mondprinzessin

„Herr Graf."

Berthold Graf von Tramin, der im Fond der schweren Limousine vor sich hin döste, war sofort hell wach. „Ja, Georg, was gibt es?" fragte er.

„Ein beleuchtetes Auto versperrt mir den Weg", antwortete Georg. Er bremste scharf das Fahrzeug ab und brummte missmutig vor sich hin.

Graf Berthold, fünfundzwanzig Jahre alt, sportlich durchtrainiert, ein Meter neunzig groß, stieg rasch aus.

„Vorsichtig, Herr Graf. Das könnte eine Falle sein. Sollte ich nicht besser nachschauen?"

„Bleiben Sie im Auto, Georg. Geben Sie mir Rückendeckung", entschied Graf Berthold. Er durchquerte die Scheinwerfer seines Autos und näherte sich auf der Fahrerseite dem parkenden Wagen.

In dem Moment wurde die Fahrertür von innen geöffnet, die Innenbeleuchtung flammte auf und Berthold schaute einer jungen Dame ins Gesicht. „Haben Sie ein Problem?"

„Eine Reifenpanne. Ich bin leider sehr hilflos in Sachen Technik", sagte sie. Sie verließ das

Fahrzeug und stellte sich neben ihrem Auto. „Kann ich Ihnen zumuten, sich schmutzig zu machen?" fragte sie und schaute ihn bittend an.

„Haben Sie einen Ersatzreifen an Bord?" erkundigte sich Berthold.

„Ich denke schon", antwortete die junge Frau. „Das Auto ist ganz neu. Ein Geschenk meiner Eltern. Und nun das da", zeigte Elisa Kalkau auf das linke Vorderrad.

Chauffeur Georg und Graf Berthold hatten in weniger als einer halben Stunde den Reifen gewechselt, sich die schmutzigen Hände mit Tempotaschentüchern gereinigt und das Werkzeug wieder verstaut. „Vielen Dank, meine Herren. Mein Handy liegt in meinem Hotel. Weil ich meine Eltern nicht anrufen kann, werden sie sich Sorgen machen! Liebe Grüße von der Mondprinzessin", rief sie, schwang sich hinters Steuer und brauste lachend davon.

Elisa war einundzwanzig Jahre jung und die einzige Tochter des Diplomatenehepaares Kalkau. Eine dunkelhaarige Schönheit mit rehbraunen Augen, einer schlanken Figur und einer angenehm sanften Stimme. Fünf Jahre lang hatte sie in den USA gelebt, wo sie die Schule besucht und zwei Jahre Praktikum in einer Kunstakademie hinter sich gelassen hatte. Ihr Wohnsitz lag zwar am Bodensee, aber weil sich Elisa mal so richtig austoben wollte, hatte sie ihre Eltern überredet, mit ihr zu den karnevalistischen Veranstaltungen an den Rhein zu fahren. „Ich möchte mich verkleiden, lustig sein und Nächte lang durch tanzen", hatte sie sich, vor ihren Eltern und ihrem Bruder, singend im Kreise gedreht.

„Die hatte es aber eilig", staunte Georg, als er nach dem Reifenwechsel weiterfuhr.

„Mondprinzessinnen haben es immer eilig", lachte Berthold. „Der Mond steht nicht still. Er rast mit hoher Geschwindigkeit um die Erde. Und wenn die Mondprinzessin mitfahren will, dann muss sie sich halt beeilen. Haben Sie auf das Nummernschild geachtet, Georg?"

„Leider nicht, Herr Graf. Wie sollte ich auch, ich hatte doch keine Zeit, war mit dem Vorderrad beschäftigt. Und der Herr Graf ebenso."

„Ich hätte zu gerne erfahren, wer meine Dienste in Anspruch genommen hat",

führte Berthold das Gespräch fort. „Hübsch war sie und eine Figur hatte sie, wie Frau Luna in der gleichnamigen Operette."

„Soll ich Erkundigungen einholen, Herr Graf?"

„Unsere Unbekannte sprach davon, dass sie sich mit ihren Eltern in einem Hotel einquartiert hatte.

Sie können sich morgen in den umliegenden Hotels umschauen, Georg. Vielleicht entdecken Sie das Auto."

„Dieser sportliche Flitzer wird meinen Augen kaum entgehen" grinste Georg, bog nach links ab und erreichte gegen Mitternacht sein Ziel, das Schloss der gräflichen Familie von Tramin.

Im Gegensatz zu Georg und Berthold, hatte sich Elisa die KFZ-Nummer ihres edlen Retters eingeprägt.

Mit beruflichen Beziehungen war es ihrem Vater gelungen den Halter des Wagens ausfindig zu machen. Und Elisa hatte von ihrem Vater erfahren, dass ihm die Grafen von Tramin nicht unbekannt waren. In der Presse wurde berichtet, dass der junge Graf Berthold so manchen Sieg im Reitsport errungen hatte. Persönlich würde er ihn zwar nicht kennen, aber er wäre nicht abgeneigt ihn kennenzulernen, da er selber begeisterter Reitsportler war.

Elisa war total unkompliziert, sie rief ungeniert an und verlangte am Telefon Graf Berthold zu sprechen. Sie glaubte zu wissen, dass Berthold ahnungslos sei. Jedoch der Graf wusste inzwischen wie die junge Dame hieß, die seine Hilfe in Anspruch genommen hatte. Georg hatte schließlich das Auto entdeckt. Den Namen der Besitzerin erfuhr der Graf von einem Polizisten, seinem ehemaligen Schulfreund,

Er lächelte, als sie sich am Telefon meldete: „Vielen Dank, Herr Graf, Sie haben der Mondprinzessin, mit Ihrem selbstlosen Einsatz, einen großen Gefallen getan."

„Dafür schulden Sie mir etwas", lachte Berthold.

„So, was denn?" ging sie auf seinen lockeren Ton ein.

„Dass Sie mir Ihren Namen verraten. Der meinige ist Ihnen ja bekannt."

Elisa lachte hellauf. „Gefällt Ihnen die Mondprinzessin nicht!"

„Die Prinzessin ist meinem Herzen sehr nahe, aber allabendlich, den Mond nur anzustarren, ist mir denn doch zu langweilig", beteuerte Berthold.

„Es ist Karneval. In dieser fünften Jahreszeit ist alles erlaubt. Selbst den Mond anzuhimmeln. Für das Karnevalstreiben auf den Straßen bin ich gut gerüstet. Vielleicht gelingt es Ihnen, eine bestimmte Person zu entdecken, Herr Graf."

„Ich werde mir den Mond vom Himmel holen", betonte Berthold.

„Auf dem Mond soll es aber sehr kalt sein", gab sie ihm zur Antwort.

„Meine Lippen und meine starken Arme werden dem Mond und der Mondprinzessin so einheizen, dass sie an meiner Brust dahin schmelzen, wie Schnee in der Sonne", versprach er ihr mit sanfter, tiefer Stimme, die wie eine Liebkosung ihren Körper durchdrang.

Sie antwortete ihm nur noch mit einem warmen Lachen und beendete das Gespräch.

Berthold war bereit, sich in den Karnevalstrubel zu stürzen. Kostümiert hatte er sich wie ein bayerischer Bierkutscher, mit einem kräftigen Oberlippenbart einer grüner Livree, einer Schirmmütze und einer Peitsche „Mit der Peitsche werde ich die Prinzessin, die auf dem Mond Schlösser baut, einfangen und nicht mehr loslassen", lächelte Berthold.

„Kein Mensch wird Sie erkennen, Herr Graf", stellte Georg fest.

„Dann hinein, ins Getümmel, Georg. Fahren Sie mich hinunter in die Stadt."

Es herrschte Jubel, Trubel, Heiterkeit auf den Straßen und aus den Lautsprechern erklang der Karnevalsschlager: „Warum ist es am Rhein so schön, am Rhein so schön, weil die Mädchen so lustig und Burschen so durstig."

Lachende, singende und Bützchen verteilende Menschen, begleiteten Berthold auf seinem Weg durch die Menschenmenge. Eine Karnevalistin rief: „Helau", drückte ihm einen Kuss auf die Wange. „Dein Bart kitzelt", lachte sie und verschwand in der Menschenmenge.

Seine beachtliche Größe ermögliche Berthold den Marktplatz zu überblicken. Was er sah, ließ sein Herz höher schlagen.

Von einer Nebenstraße näherte sich eine närrische Gestalt, die er näher ins Auge fasste.

Sie trug einen weißen Mantel. Zahlreiche Viertel- Halb- und Vollmonde, in goldgelber Farbe, verzierten das Gewand und die Haube auf dem Kopf, war mit Sternen übersät.

„Meine Mondprinzessin", flüsterte Berthold. „Mondprinzessin, Helau!" rief er.

Elisa hörte ihn nicht. Sie küsste einem Husarenoffizier auf die Wange, hakte sich bei ihm unter und entführte ihn in die nächste Gastwirtschaft.

Berthold blieb abrupt stehen und ließ enttäuscht den Kopf hängen. „Du Mondkalb", brummte er, „bist auf die Kleine hereingefallen. Ich sollte mich auf dem Heimweg machen." Unschlüssig stand er auf der Stelle.

Eine Närrin, in einem Schornsteinfegerkostüm, forderte ihn auf, mit ihr zu tanzen. Als die junge

Frau bemerkte, dass Berthold abweisend reagierte, rief sie: „Du hast wohl Liebeskummer!? Andere Mütter haben auch schöne Töchter."

„Danke, lieber Schornsteinfeger", gab er der Fremden ein Bützchen, bevor er die Gaststätte betrat, in der Elisa mit dem Offizier an einem Tisch saß.

Mit ihrem Anruf hat sie mich herausgefordert, überlegte Berthold. Diese kleine Mondhexe. Na, warte, ich werde...

Berthold wurde von dem närrischen Volk zur Seite geschoben, Elisa stand auf, umarmte den Husaren und stürmte singend ins Freie.

Berthold, der sich inzwischen wieder Luft verschafft hatte, fragte sich wer wohl dieser junge Mann sei. „Von Tramin", stellte er sich vor.

„Welch ein Zufall. Ich freue mich, den Herrn kennenzulernen, der meiner Schwester den Reifen gewechselt hatte."

„Ich erwarte Ihre Familie morgen Nachmittag in meinem Schloss. Aber nun muss ich mich beeilen, die Mondprinzessin einzufangen."

„Wie bitte, ich verstehe kein Wort?" reagierte Eberhard Kalkau verdutzt.

„Das ist eine verbindliche Einladung! Die schriftliche wird Ihnen morgen zugestellt!" rief Berthold und drängte sich zur Tür hinaus.

Im Takte der Musik schunkelten und tanzten die Närrinnen und Narren. Unter ihnen, mitten im Gewühl, drehte sich Elisa.

Berthold kam ihr immer näher. So nahe, dass sein Bart ihr Gesicht berührte.

„Dein Bart kitzelt", kicherte sie.

Er blieb an ihrer Seite, wickelte die Peitsche um ihre Taille und fesselte sie.

„He!" rief sie. „Du bist ja ein ganz Schlimmer!" lachte sie. „Willst du mich entführen?!"

„Hinter den dicken Mauern meines Schlosses wird es der Mondprinzessin nicht gelingen, davon zu fliegen und auf der Mondumlaufbahn ihre Kreise zu drehen."

„Berthold!" jubelte sie.

Der Schnauzbart wurde abgerissen. Vier Lippen besiegelten die Liebe zwischen dem Mond und der Erde.

Und übers Jahr, das ist kein Karnevalsscherz, fand die Hochzeit statt. Im großen Festsaal wurde getanzt, gelacht und geflirtet. Alle Gäste waren in närrischer Verkleidung erschienen. Das

Brautpaar musste erraten wer hinter dieser oder jener Maske steckte.

Was nicht immer gelang, aber sehr viel Spaß machte.

Erhitzt und glücklich, entflohen Elisa und Berthold von Tramin dem Trubel im Schloss, bestiegen den Privatjet und stürzten sich mitten hinein, in den Karneval in Rio.

# Panzerschiff Kaiser im Einsatz

Als der Krieg Japan gegen China, von 1895 bis 1897, ausgebrochen war, hatte Kaiser

Wilhelm der Zweite beschlossen, deutsche Kriegsschiffe in das Krisengebiet zu entsenden, um den dort ansässigen Deutschen in den japanischen Niederlassungen Schutz zu gewähren.

Nach den infanteristischen Ausbildungen wurden siebenhundert junge und gesunde Marinesoldaten auf das Panzerschiff Kaiser abkommandiert und für die große Überfahrt nach Fernost vorbereitet.

Den Männern war die Tauglichkeit für den Tropeneinsatz vom Marinearzt bescheinigt worden. Mit ihrer persönlichen Habe im Seesack, betraten sie das Panzerschiff Kaiser, das 100 Meter lang und 19 Meter breit war.

Geschütze, Torpedos, Munition und Proviant waren an Bord gebracht worden.

Das Schiff, das in Wilhelmshaven vor Anker lag, wurde feierlich in den Flottendienst gestellt. Zur Flaggenparade musste die Besatzung auf dem Achterdeck antreten.

Und Kapitän zur See, Otto Müller, hielt eine kernige Rede.

„Meine Herren Offiziere, Unteroffiziere und Matrosen, vor uns liegt eine schwere Aufgabe, die von jedem einzelnen von uns, einen vollen Einsatz abverlangt. In einem fernen Land, das uns unbekannt ist, in dem noch barbarische Zustände herrschen, müssen wir gegen einen hinterlistigen verschlagenen chinesischen Feind kämpfen. Einige Jahre fern der Heimat liegen vor uns, in denen wir unseren Soldatenmut in den Vordergrund stellen müssen. Für den Kaiser und unser Vaterland treten wir die lange Seereise an, die ebenfalls Gefahren bergen kann, aber die Deutsche Marine fürchtet weder Tod noch Teufel, noch Seeschlacht und Klabautermann. Nicht wahr, meine Herren?!" ließ er seinen Blick über die versammelte Mannschaft gleiten.

„Jawohl, Herr Kapitän!" stimmten ihm 700 Männer zu.

„Nichts anderes habe ich erwartet", nickte der 50jährige Kapitän. „Zudem fahren wir unter dem Schutze unseres Kaisers, Wilhelm dem Zweiten. Er begleitet uns zwar nicht persönlich, aber sein Bild schaut auf uns herab. Sein Porträt, das er mir persönlich überreicht hatte, hängt in der Offiziersmesse, für jeden von uns sichtbar. Und nun, lassen Sie uns die Flagge hissen!"

Als ein Hoch auf die Flagge ausgerufen worden war, wandte er sich dem Oberheizer Josef Brand zu: „Ihre Aufgabe besteht nun darin mit der Kohle nicht sparsam umzugehen, sondern tüchtig einzuheizen. Die Kessel müssen Dampf liefern, die Maschinen auf Hochtouren laufen und die Wellen müssen gebrochen werden. Auf, Männer, bringen Sie die Kohle zum Glühen! Der Schiffskoch wird dafür sorgen, dass Sie stets bei Kräften bleiben", schloss der Kapitän seine Ansprache und übergab das Kommando seinem Ersten Offizier.

Sie holten den Anker ein und fuhren am 5. Mai 1895 langsam in die offene Nordsee hinaus. Am Ufer stand eine Militärkapelle und spielte einen Marsch zum Abschied. Die Freunde und die Familie hatten das Ufer belagert und wünschten den Marinesoldaten eine gute Fahrt und eine glückliche Heimkehr.

Die Kessel wurden ständig unter Dampf gehalten und die Kohleschaufeln standen nicht still, so dass das Schiff immer mehr Fahrt aufnehmen konnte.

Nachdem sie den englischen Kanal hinter sich gelassen hatten, erreichten sie den Atlantischen Ozean.

Sie fuhren an der Küste Frankreichs, Spaniens und Portugals vorbei und steuerten nach einer viertägigen Fahrt, unter einem Scheinwerferlicht, den Hafen von Gibraltar an, wo sie am nächsten

Tag den Kohlespeicher und den Trinkwasser-speicher wieder auffüllten.

Fliegende Händler näherten sich in Booten dem Kriegsschiff und boten süße frische Apfelsinen und Südfrüchte zum Kauf an.

Nach dem kurzen Zwischenstopp in Gibraltar stampfte das Panzerschiff durch das Mittelmeer und hielt Kurs auf Port Said, der Stadt am Sues-kanal, vorbei an Algerien, Tunesien, der Insel Malta und Ägypten.

In Port Said angekommen, entschied der Ober-heizer Josef Brand: „Wir müssen wieder Kohle und Wasser aufnehmen."

Die Sonne strahlte von einem tiefblauen Himmel herab und es war unerträglich heiß. Viel zu warm für die Mitteleuropäer. Die Heizer stöhnten unter der Last der Kohlensäcke, der Kohleschaufeln und der erbarmungslosen Hitze.

„Bei der Gluthitze fallen meine Männer um wie die Fliegen und die Öfen können nicht befeuert werden", meldete Oberheizer Brand dem Ersten Offizier.

„Wir müssen Männer, die in den angrenzenden Ländern des Sueskanals leben, anheuern, denn nur sie sind der Hitze am Äquator gewachsen", entschied der Kapitän.

25 junge, braunhäutige eingeborene Burschen, trotzten mit nacktem Oberkörper der Hitze und übernahmen im Heizungsraum die Arbeit. Sie befeuerten die Öfen durch das Rote Meer hindurch, wurden entlohnt, und in Aden wieder an Land gesetzt.

Das Panzerschiff Kaiser, lag mit 8 Metern Tiefgang, viel zu tief, um aus eigener Kraft den Sueskanal zu passieren, deshalb wurde es von einem großen Schlepper durch den Kanal gezogen.

„Alle Mann an Deck", lautete der Befehl des Ersten Offiziers. „Schauen Sie sich den Kanal und die Landschaft an!"

Der Kanal war stellenweise so schmal, dass der Steuermann Zentimeterarbeit leisten musste.

Nach 20 stündiger Fahrt hatten sie den Endpunkt des Kanals erreicht und die Stadt Sues wurde mit Salutschüssen begrüßt.

Karawanen und Lastkamele waren am Ufer des Kanals unterwegs.

Handels- und Kriegsschiffe begegneten sich an manchen Stellen.

Und so manches „Schiff ahoi", flog herüber und hinüber.

Bei schönem Wetter und ruhiger See durchpflügten sie das Rote Meer und legten in Aden an, wo die orientalischen Heizer entlassen wurden, und wo das Schiff wieder Kohle und Wasser aufnahm. Am anderen Morgen stachen sie erneut in See und fuhren in den Indischen Ozean hinein. In ihrem Blickfeld lag ein französisches Transportschiff mit gehisstem Notsignal. Der Erste Offizier, der der französischen Sprache mächtig war, erfuhr, dass sie einen Maschinenschaden hatten.

Der Franzose wurde ins Schlepptau genommen und auf dem französischen Transporter konnten die Monteure die defekte Maschine wieder reparieren.

Ein paar Stunden später war der Franzose wieder fahrtüchtig und das Schlepptau konnte eingeholt werden.

Im Golf von Aden war das deutsche Kriegsschiff, die Augusta, mit Mann und Maus einige Monate zuvor, verschollen. „Sicherlich war es damals in einen schweren Sturm geraten und gesunken", vermutete Kapitän Müller und ließ über den Ersten Offizier ausrichten, dass mit Stürmen zu rechnen sei.

„Bleiben Sie wachsam", warnte der Offizier die Mannschaft, die auf dem Oberdeck angetreten war. „Keiner hält sich bei stürmischer See ungesichert an Deck auf. Haben Sie mich verstanden!" hob er seine Stimme.

„Aber der Himmel ist doch so schön blau", meldete sich ein junger Matrose, der zum ersten Mal zur See fuhr. „Ich sehe nur eine kleine weiße Wolke am Horizont..."

„Die sich rasch zu einem Ungeheuer entwickeln wird", wurde er von dem Offizier unterbrochen. „Sie wird in Windeseile den Himmel verfinstern und ihre Schleusen öffnen. Sie wird Sturm und Hagelschlag mitbringen. Sie wird mit unserem Panzerschiff spielen und uns am Ende verschlingen. Das ist verdammt noch mal kein Spaziergang!" schrie der Offizier. „Steuermänner ans Ruder! Hart Backbord. Entgegensteuern! Alle Männer unter Deck! Schotten dicht!"

Ein paar Minuten später schon schob sich die erste Welle heran, die eine dicke schwarze Wolke mitgebracht hatte. Das Schiff stampfte und rollte. Es wurde stockdunkel. Regen und Hagel klatschten auf das Deck herab und die erste Sturzsee ging über das Schiff hinweg. Blitze erhellten den Himmel. Donner krachten. Unter Deck waren die Gespräche verstummt. Die Männer lagen in ihren Hängematten und hofften mit jedem Wellen- und Donnerschlag, er möge der Letzte sein. Sie mussten sich gegenseitig festhalten. Bei dem Auf und Ab, Hin und Her, hofften sie, dass das Schiff dem Sturm und den Wassermassen standhalten würde. Die Sturmglocke warnte ununterbrochen.

Ein paar Gebete wurden zwar aus dem Bauch des Panzerschiffes gen Himmel gesandt und Gott um Gnade angefleht, aber der Wettergott hatte vorerst kein Gehör für diese Gebete, er wollte sich so richtig austoben, was ihm scheinbar auch viel Spaß bereitete, denn alles was nicht Niet- und nagelfest war, wirbelte er durch das Schiff. Eine Stunde lang.

Diese Stunde war den Männern wie eine Ewigkeit vorgekommen.

Brecher waren über das Schiff hinweg gerollt. Sie ließen das Schiff auf den Wellen tanzen und ins nächste Wellental hinabstürzen, so dass man glaubte, das Schiff würde auf dem Kopf stehen und in den Himmel hineinfahren.

Ächzen und Stöhnen, Heulen und Dröhnen zogen durch die Schiffsräume.

Ein Donnerschlag, ein Pfeifton, der durch Mark und Bein ging und eine himmlische Ruhe, die plötzlich eingetreten war, fühlten sich wie der Weltuntergang an. Nur noch ein sanftes Schaukeln auf den langgezogenen Wellen war von dem Unwetter übrig geblieben.

Die Stille, die nun herrschte, wirkte beängstigend.

„Sind wir jetzt im Himmel?" erhob sich eine zittrige Stimme.

Sekunden waren verstrichen.

„Ich lebe", frohlockte eine andere Stimme.

„Ich auch, ich auch. Hurra, wir leben!" wurde es in den Hängematten lebendig.

Das Schiff hatte die gefährlichen Manöver gegen die Naturgewalten ohne große Blessuren überstanden, somit konnte die Fahrt unter Volldampf fortgesetzt werden.

Alle umgestürzten Gegenstände mussten wieder eingesammelt und aufgerichtet werden. Das große Aufräumen war während der Weiterfahrt angesagt.

Im Hafen von Colombo in Vorderindien bekam die Mannschaft einen drei tägigen Landurlaub. Sie genossen, nach dem Schrecken den sie überstanden hatten, den festen Boden unter den Füssen.

Von Colombo aus steuerten sie den Hafen von Singapur an. Tage später schon erreichten sie den Hafen von Hongkong. Hongkong war eine englische Kolonie.

Die Stadt lag im Kessel einiger Berge, deren höchster Berg mit einer Zahnradbahn zu erreichen war. Der erste Kontakt mit den Chinesen war recht lustig für die Deutschen anzuschauen. Sie staunten und amüsierten sich über die Männer, die einen langen Zopf trugen und wie aufgescheuchte Hühner ständig in Bewegung waren. Sie trugen Lasten auf den Rücken, oder sie zogen Karren hinter sich her. Das Leben pulsierte in den Straßen. Viele Gerüche, die durch die Stadt zogen, waren den europäischen Nasen fremd und unangenehm.

Die Frauen hatten ihren Körper in Tücher gehüllt und weil ihre Füße durch das ständige bandagieren klein geblieben waren, konnten sie keine großen Schritte machen, sondern nur mit kurzen Schritten trippeln.

In diesem Hafen lagen Kriegs- und Handelsschiffe, worunter sich auch das deutsche Kriegsschiff Irene befand. Mit Salutschüssen war das Panzerschiff Kaiser in Hongkong begrüßt worden.

Die Besatzung des Panzerschiffes fuhr mit der Zahnradbahn auf den Hausberg der Stadt Hongkong hinauf und genoss ein grandioses Panorama auf die Stadt, das Festland und das Chinesische Meer.

Nach der überstandenen stürmischen See wurde noch einmal gründlich Reinschiff gemacht, bevor die Fahrt Richtung Japan fortgesetzt wurde.

Die Erkundungsfahrt führte sie in den Hafen von Nagasaki. Dort wurden sie von den Japanern bestaunt. Die langen deutschen Kerle nahmen sich aus wie Riesen gegenüber den kleinen quirligen Japanern. Deutsche Kaufleute hatten sich hier angesiedelt. Nagasaki wirkte nach außen hin wie eine Stadt in Deutschland.

Entlang der japanischen Küste fuhren sie im Dezember zurück nach Hongkong wo sie bis zum Jahresende liegenblieben.

Weihnachten auf einem Kriegsschiff, im Kreise der Kameraden, war für die gesamte Besatzung eine neue Erfahrung. Speisen und Getränke waren reichlich vorhanden. Geschenke gab es auch, in Form von Süßigkeiten und Tabakwaren. Sie sangen Weihnachtslieder. Eine Militärkapelle begleitete sie. Heimweh war aufgekommen, in Gedanken an die Eltern und die Geschwister in der ach so fernen Heimat. So manche Träne stahl sich aus den Augen, als ein Pfarrer von Jesus Christus sprach, der keine Heimat besäßen hatte und in der Fremde geboren und gekreuzigt worden war.

Ein Bambusgehölz diente als Weihnachtsbaum. Geschmückt mit bunten Streifen aus Papier und Äpfel aus der Heimat. Er konnte zwar mit dem Duft einer Tanne aus Deutschland nicht mithalten, aber die brennenden Kerzen strahlten so viel

Wärme aus, dass dennoch Festtagsstimmung aufgekommen war.

Still und Ruhig verlief das Weihnachtsfest. In der Silvesternacht erlebten sie ein grandioses Feuerwerk, wie sie es von Deutschland her gewohnt waren.

Im neuen Jahr begannen dann auch die neuen Manöver.

Schießübungen mit den Geschützen und den Torpedos wurden veranstaltet. Sämtliche Kriegsschiffe hatten Flagge gehisst und sich an dem Manöver beteiligt. Panzerschiffe, Kreuzer und Kanonenboote, der deutschen, französischen und englischen Marine schossen aus allen Rohren und demonstrierten die Durchschlagkraft ihrer Waffen.

Eine großartige Kanonade auf dem offenen Chinesischen Meer trug die Schallwellen bis zum Festland hinüber.

Nach den Gefechtsübungen ging die Fahrt weiter in Richtung Nagasaki, Jokohama und zurück nach Cesson wo auch neben dem deutschen Geschwader das Kanonenboot Iltis Eins ankerte. Kapitän Müller gab den Befehl, den Hafen Amy anzulaufen, wobei es zu einem Unfall kam. In der Hafeneinfahrt stießen sie auf Grund. Ein Ruck erschütterte das Schiff, die Männer wurden nach vorne geschleudert, das Panzerschiff Kaiser stand auf der Stelle, die Schiffsschrauben heulten und das Boot senkte sich seitwärts.

Ein mehrstimmiger Schrei erfüllte den Schiffsrumpf: „Oh, mein Gott! Wir sinken!"

Es knackte und rauschte über die Lautsprecher. „Achtung! Achtung! An alle Dienstgrade! Ruhe bewahren, wir sind scheinbar nur aufgelaufen. Taucher sofort wassern!" befahl der Kapitän, wie immer, im beruhigenden Tonfall.

Nach Verlauf einer Stunde wurden sie von der Kreuzer-Korvette Arkona, wieder flott gemacht, so dass sie wieder Fahrt aufnehmen konnten.

Wie die Taucher festgestellt hatten, war nur der doppelte Boden eingedrückt. Sie bekamen eine Woche Landgang geschenkt, so lange dauerte die Reparatur des Schiffes im Dock von Hongkong.

Anschließend setzten sie ihre Fahrt fort, zurück nach Cesson, wo eine Parade abgehalten werden sollte.

„Alle Mann an Deck!" erklang es aus den Lautsprechern. „Machen Sie sich bereit zum Landungsmanöver, zur großen Parade vor unserem neuen Admiral, Seiner Exzellenz Admiral von Hildau."

In gepflegter Parade-Unform gekleidet standen die Matrosen, die Herren Offiziere und die Kommandeure vor ihrem neuen Befehlshaber, der sie mit wohlwollenden Worten begrüßte und eine Rede hielt. „Ich bin stolz auf Sie, meine Herren. Es ist ihnen gelungen, unsere Landsleute in den deutschen Niederlassungen zu beschützen. Gute Fahrt weiterhin! Für den Kaiser und unser Vaterland" schloss er danach kurzangebunden seine Ansprache.

„Jawohl, Herr Admiral! Für den Kaiser und unser Vaterland" riefen ergriffen hunderte raue Männerkehlen.

Nach der Parade stach das Kanonenboot Iltis Eins in See. Als unmittelbar darauf Sturm aufkam, versuchte das Boot die offene See zu erreichen. Jedoch durch den Sturm und den hohen Wellengang wurde das Boot auf den Vorsprung eines Felsens geschleudert. Offiziere, Soldaten und Masten wurden von den Wellen mitgerissen. Ein Teil der Mannschaft hatte sich auf das Achterdeck geflüchtet. Nur elf Mann hatten auf dem Vorderdeck Schutz gesucht. Infolge des Druckes brach das Schiff entzwei und der hintere Teil trieb ab. Nur der vordere Teil blieb stehen. 74 Männer riefen: „Hoch lebe unser Kaiser Wilhelm der Zweite!" Und mit dem Flaggenlied auf den Lippen versanken sie in der aufgepeitschten See.

Das Entsetzen stand den Männern auf dem Panzerschiff Kaiser im Gesicht geschrieben, als sie mit ansehen mussten, wie ihre Kameraden von den Wassermassen verschlungen wurden.

Die elf Geretteten nahm das Panzerschiff Kaiser auf und setzte sie einen Monat später an Land ab, von wo aus sie die Heimreise antraten.

Das Panzerschiff Kaiser hatte indessen Kurs auf die äußerste Spitze von Japan genommen, wo die Mannschaft von dem russischen Kreuzer Iwan mit Salutschüssen begrüßt wurde.

Kapitän Olganow, stellte sich in deutscher Sprache vor. „Ich lade Sie ein. Folgen Sie mir bitte in meinen Heimathafen Wladiwostok, Herr Kapitän Müller", sagte er.

„Vielen Dank, Kapitän Olganow, wir nehmen die Einladung gerne an."

Dass ihnen die Fahrt nach Wladiwostok beinahe zum Verhängnis werden sollte, konnte Kapitän Otto Müller nicht ahnen. Sie gerieten in einen Taifun, einem Wirbelsturm der vornehmlich in den Ostasiatischen Küstengebieten unermessliche Schäden anrichtet. Das Schiff stampfte und rollte und nahm Wasser über Deck. Eine Sturzsee nach anderen schleuderte das Schiff hin und her und drehte es im Kreis herum. Der Mannschaft wurde es bis zum Erbrechen übel. Sie lagen ermattet am Boden. Erst gegen Abend, in der Dunkelheit hatten sie sich von der Übelkeit erholt. Dann kam aber auch schon der Befehl vom Ersten Offizier: „Alle Mann an Deck, auf Steuerbordseite Aufstellung nehmen, um dem Schiff das Wendemanöver zu erleichtern!"

Glücklicherweise erreichten sie am nächsten Tag doch noch den russischen Hafen. Hier lagen die russischen Kriegsschiffe, die auch wie die deutschen Schiffe an dem Krieg teilnahmen. Sie durften einem Kosaken-Regiment bei seinem Manöver zuschauen, und sie erfreuten sich an die wendigen Kosaken Pferde, mit der langen Mähne und dem langen Schweif. Auch die neue Bahnlinie, die so genannte Transsibirische Eisenbahn, die nach Europa fuhr, wurde von den deutschen Marinesoldaten mit großem Interesse bestaunt. Nachdem sie einige Tage in Wladiwostok gelegen hatten, fuhren sie zurück nach Japan und China, wo wieder einige Kriegshandlungen aufgeflammt waren. Die eine oder andere chinesische Stellung wurde noch gehalten. So auch der Hafen von Taku vor dem die europäischen Kriegsschiffe lagen. Von den chinesischen Forts aus wurden sie unter Beschuss genommen. Die großen Kriegsschiffe konnten wegen des Tiefgangs nicht weiter in den Hafen einfahren.

Aber die neue Iltis Zwei, die nicht sehr tief lag, stampfte mit voller Motorkraft durch das Hafenbecken, und Kapitänleutnant Lenders kommandierte: „An die Geschütze! Wir stürmen das chinesische Nest und räuchern es aus!"

Die Chinesen erwiderten das Feuer, trafen aber selten. Die deutsche Mannschaft hingegen feuerte aus allen Rohren und landete Treffer auf Treffer.

Leider konnten sie nicht verhindern, dass Kommandant, Lenders von einer chinesischen Kanonade, schwer getroffen niederstürzte und in die Krankenstation transportiert werden musste.

Wenige Augenblicke später schon griff das Panzerschiff Kaiser in das Gefecht ein und Kapitän zur See, Otto Müller übernahm das Oberkommando. „Feuert aus allen Rohren", rief er. „Boote zu Wasser lassen, 50 Mann machen sich bereit für den Einsatz an Land. Wir geben Ihnen Feuerschutz!"

Fünf Stunden später schon waren die Chinesen überwältigt und vernichtend geschlagen worden und die deutsche Flagge wurde auf dem zerstörten chinesischen Gefechtsstand gehisst.

Kapitän Müller erhielt für seine siegreiche Tat, vom seinem Admiral, ein paar Tage später, den höchsten Pourie-merite-Orden, feierlich überreicht.

Und damit war der Krieg zwischen Japan und China beendet.

Auch für die Mannschaft, des Panzerschiffes Kaiser, die gemeinsam mit dem Kanonenboot „Iltis Zwei", die Seeschlacht siegreich gegen die Chinesen bestritten hatte, nahte die Heimreise.

„Alle Mann an Deck!" erklang es aus den Lautsprechern.

700 Männer standen vor ihrem Kapitän. „Im Namen des Kaisers Wilhelm des Zweiten spreche ich Ihnen meinen Dank aus. Für Ihren Einsatz. Obwohl so manch einer über die Stränge geschlagen war, von wegen hübsche mandeläugige Chinesinnen und Japanerinnen heimlich an Bord schmuggeln", drohte er schmunzelnd mit dem Zeigefinger, „war es im Allgemeinen unter der Mannschaft doch recht friedlich geblieben. Nur einem kriegerischen Gefecht mussten wir uns stellen. Ohne Verluste auf unserem Schiff. Ihre Ablösung ist bereits eingetroffen. Der Passagierdampfer, Oldenburg, mit dem die Ablösung angekommen ist, erwartet Sie. Und nun Mast- und Schottbruch und immer eine Handbreit Wasser unterm Kiel. Um ständig präsent zu sein, bleibt das Panzerschiff Kaiser, mit Ihrer Ablösung und unter meinem Kommando, auf unbestimmte Zeit

noch im Chinesischen Meer liegen. Ich kann Sie also auf Ihre Heimfahrt nicht begleiten. Zwei Jahre lang haben wir gemeinsam Wind und Wellen getrotzt, sind durch dick und dünn gegangen. Aber nun heißt es Abschied nehmen. Um es kurz zu machen: Grüßen Sie mir die Heimat!" beendete Kapitän zur See, Otto Müller, seine Abschiedsrede.

„Jawohl, Herr Kapitän!" kam es aus rauen Kehlen zurück, und der Abschied wurde mit einem lachenden und einem weinenden Auge vollzogen.

Die ehemalige Besatzung des Panzerschiffes Kaiser betrat den Passagierdampfer Oldenburg, hisste den Heimatwimpel und trat unter Volldampf die Heimreise an.

Sechs Wochen später, am 1. Juli 1897, hatten sie Wilhelmshaven erreicht, wo sie auf deutschem Boden empfangen und begrüßt wurden. Mit der Eisenbahn fuhren die Seesoldaten nach Kiel. Bei der Umarmung der lieben Angehörigen floss so manche Freudenträne.

„Im Gleichschritt, Marsch!" lautete der Befehl.

Vom Bahnhof aus marschierten sie durch die Straßen der Stadt, von den Bürgern bejubelt und applaudiert. Und unter den Klängen einer Militärkapelle betraten sie dann ihre Heimatkaserne in Kiel.

# Die Schmiede des Lebens

Wer den Unterricht störte, bekam den Rohrstock zu spüren. Ein paar Störenfriede saßen schließlich in jedem Klassenzimmer. In dem Gebäude, in dem die Jungens unterrichtet wurden, hatten die Lehrer einen schweren Stand. Obwohl täglich Zucht und Ordnung eingebläut worden war, gab es immerhin ein paar Burschen, die es geschafft hatten, den Lehrer zur Weißglut zu bringen. Während des Unterrichts hatte absolute Ruhe zu herrschen. Gesprochen wurde nur, wenn der Lehrer den Schüler aufforderte, aufzustehen, und seine Fragen zu beantworten. Auf ein disziplinloses Verhalten, reagierten die Lehrer sofort. Die Strafe wurde  vollzogen. Die Schläge mit dem Rohrstock auf den Handflächen oder auf das Hinterteil, waren unerlässlich. Und mit dem Gesicht zur Wand eine Stunde lang in einer Ecke stehen, war furchtbar anstrengend.

Emil war ein frecher Bengel. Zwölf Jahre alt, robust gebaut und ein rechter Trotzkopf. Ein paarmal hatte er schon seinem Banknachbarn mit dem Fuß das Schienbein bearbeitet. Und als Fritz laut aufschrie, ging Lehrer Raftel ganz langsam auf die beiden Jungen zu, schaute sie an, zog Fritz an einem Ohr in die Höhe und versetzte ihm zwei Ohrfeigen.

Einen Schlag auf die linke und einen Schlag auf die rechte Wange.

„Hinsetzen!" befahl er in strengem Ton.

Emil grinste schadenfroh. War er doch noch einmal gut davongekommen.

Jedoch, die Ruhe im Klassenzimmer, war trügerisch.

Alle Schüler wussten, dass auf Emil eine Strafe zukam, die sich gewaschen hatte.

„Aufstehen!" fuhr Lehrer Raftel Emil an und versetzte ihm ein paar Maulschellen.

„Mitkommen!" Nur dieses eine Wort, genügte Emil, dem Erzieher zu gehorchen.

Emil wurde in den Kohlenkeller gesperrt, in dem die Briketts für die Heizung lagerten.

In der großen Pause, die die Kinder auf dem Schulhof verbringen mussten, erlebten sie eine Überraschung.

Aus dem Kellerfenster erklang Emils dumpfe Stimme: „Vorsicht! Die Briketts kommen geflogen!" Ein Haufen lag bereits auf dem Hof.

Das schallende Gelächter auf dem Schulhof, vernahmen die Erzieher im Lehrerzimmer und in Windeseile stürzten sie heraus.

„Emil!" schrie Klassenlehrer Raftel, jagte die Kellertreppe hinunter, und erschien kurz darauf, mit Emil im Schlepptau. Die Jungens sahen, im Jahre 1935, zum ersten Mal in ihrem Leben einen Neger aus Schwarzafrika, der sie angrinste und mit den Augen rollte.

Das Gelächter auf dem Schulhof wollte nicht enden, selbst die strengsten Erzieher konnten sich ein verstecktes Lächeln nicht verkneifen.

Emil war beschäftigt. Er musste die Kohlen in den Keller tragen, wieder aufstapeln, den Hof mit dem Besen säubern und einen Brief mitnehmen, der an seine Eltern gerichtet war. Hände, Arme und Gesicht mit Kohlenstaub bedeckt, trat er den Heimweg an. Seine Eltern werden ihn sicherlich an seiner Stimme erkannt haben. Zudem bekam er noch von seinem Vater eine ordentliche Abreibung, die ihn ein paar Wochen lang an den Kohlenkeller erinnerte.

Emil war dennoch ein guter Schüler. In allen Fächern war er der Beste. Selbst dem Schabernack, der in seinem Kopf herum spukte, ließ er freien Lauf.

Vorerst hielt er sich zurück. Sein Vater, ein grober Dorfschmied, hatte ihn in die Mangel genommen und ihn mit Arbeiten in der Schmiede bestraft.

Im Strandbad war er auch nicht zu sehen, deshalb vermuteten seine Freunde, dass sein Vater sein Sitzfleisch mit dem Schmiedehammer bearbeitet hatte. In der Schule saß er dann auch nur auf der halben Sitzfläche. Manchmal verzog er schmerzhaft das Gesicht und seufzte halblaut.

Helmut, ein Raufbold, hatte einem schwächeren Mitschüler ein Heft an den Kopf geworfen.

Der Lehrer zog Helmut am linken Ohr aus der Bank und führte ihn durch das Klassenzimmer, wie man einen Stier mit einem Nasenring abführt. Dann befahl er Helmut, in der Zimmerecke stehenzubleiben. Fast eine Stunde lang musste er die kahle Wand anstarren, und bewegen durfte er sich auch nicht.

„Herr Lehrer", störte eine Stimme die Stille im Klassenzimmer.

„Wer spricht da?" fragte, ohne aufzublicken, der Lehrer.

„Der Helmut", antwortete Karl, ein Junge aus der ersten Reihe.

„Ruhe! Arbeitet an euren Aufsätzen!" entschied Raftel.

Schon wieder die leise Stimme: „Herr Lehrer."

„Zum Donnerwetter! Ich verbitte mir jeden Ton während des Unterrichts! Habt ihr mich verstanden!" wurde Raftel sehr laut.

Minuten später, ließ ein plätscherndes Geräusch den Erzieher aufhorchen.

„Was ist das?" fragte er reichlich verdutzt.

„Der Helmut pinkelt in die Ecke", sagte Karl. So etwas hatten die Kinder noch nicht erlebt, dementsprechend laut, lachten und schrien sie.

„Ruhe!" donnerte Raftel und fuhr in die Höhe. Und seine Größe von einem Meter neunzig wirkte auf die Jungen so Furcht einflößend, dass ihr Lachen sofort erstickte. Seine kräftige Stimme erfüllte den Raum. „Was hat das zu bedeuten!?"

„Ich muss mal, Herr Lehrer", antwortete Helmut kleinlaut.

„Im Klassenzimmer? Ja bist du noch bei Sinnen? Bist du denn ein Kleinkind, das nicht weiß, wo die Toilette zu finden ist?!"

„Ich habe mich doch mehrmals gemeldet, Herr Lehrer. Ohne Ihre Erlaubnis darf ich doch das Klassenzimmer nicht verlassen", erwiderte Helmut, mit dem Gesicht, immer noch zur Wand gerichtet.

„Du Rotzbengel! Du! Das wirst du mir büßen!" versprach Raftel mit einem grollenden Unterton.

Und Karl befahl er: „Schaff mir sofort den Hausmeister herbei!"

„Ab mit dir zum Direktor!" boxte der Erzieher den zwölfjährigen Jungen in den Rücken „Du wirst der Schule verwiesen!" drohte er dem Schüler und den anderen Schülern rief er zu: „Sofort den Raum verlassen Alle!"

Der Hausmeister reinigte das Klassenzimmer. Die Kinder mussten sich in zweier Reihen aufstellen und im Kreis über den Schulhof laufen. Geschrei und Toberei auf dem Schulhof waren strengstens verboten. Wer es dennoch wagte, aus der Reihe zu tanzen, dem wurden sprichwörtlich „die Hammelbeine langgezogen." Das hieß, er musste barfuß zehnmal den Schulhof umrunden. Anschließend säuberte er noch den Fußboden seines Klassenzimmers mit einer Bürste, ohne Stiel, so dass er gezwungen war, auf den Knien zu rutschen.

„Narrenhände beschmutzen Tisch und Wände." Die Lehrer benutzten oft dieses Sprichwort, wenn die Schüler, „Unsere Lehrer sind mondsüchtig", oder andere Sprüche, auf der Schiefertafel geschrieben hatten. Dann musste immer der schlechteste Schüler die Schmiererei abwaschen.

Helmut, der „Klassenpinkler", wie er scherzhaft genannt wurde, bekam von seinem Vater eine

Woche Stubenarrest aufgebrummt. Anschließend saß er wieder in der Schule auf seinem Platz in der mittleren Reihe. Von Helmuts Vater, einem der größten Bauern des Dorfes, bekam der Schuldirektor zu Ostern und zu Weihnachten immer ein Paket mit Fleisch zugesteckt. Außerdem war es nicht ratsam, sich mit der Partei anzulegen. Helmuts Vater war Parteibonze.

Die Mädchenschule

In der Mädchenschule hatten es die Lehrer etwas leichter, als die Lehrer in dem Jungenschulgebäude.

Für Frauen gab es zur damaligen Zeit keinen Lehrerberuf. Folglich mussten männliche Lehrer die Mädchen unterrichten.

So manch ein Mädchen schwärmte für einen bestimmten Lehrer. Vor allem für den jungen, sportlichen Erzieher, und wenn der dann noch das Sportfach leitete, dann wollten alle Mädchen ganz vorne mitturnen. Selbst die „lahmen Enten", wie die Ungeschicktesten genannt wurden, gaben sich die allergrößte Mühe, nicht zu versagen.

Ein etwas korpulenter Erzieher mit Halbglatze, wurde von den Mädchen sehr oft geärgert, obwohl er nicht halb so streng war, wie die übrige Lehrerschaft. Er war halt kein schöner Mann.

Zum Schulgebäude der Mädchen wäre noch zu sagen, dass es von einer hohen Hecke abgeschirmt wurde und von den Jungen nicht betreten werden durfte. Auch die Mädchen hatten bei den Jungen nichts verloren.

Die Mädchen bekamen zwar keine Schläge auf das Gesäß, dafür erhielten sie schon manchmal einen Schlag auf die Handfläche. Selbstverständlich mit dem Rohrstock, der zur Erziehung genauso unverzichtbar war, wie der zu erlernende Lehrstoff.

In der großen Pause war die zehnjährige Helga an einer schadhaften Stelle in der Hecke zum Jungenschulgebäude hindurchgekrochen, um ihrem jüngeren Bruder das vergessene Pausenbrot hinüberzubringen.

Als sie rückwärts aus der Hecke kroch und sich umdrehte, stand ihr Lieblingslehrer aufrecht vor ihr und sah auf sie herab. Wie ein Adler, der sich auf ein Kaninchen stürzen wollte, starrte er sie an.

Das blonde Mädchen lächelte, um Lehrer Hans Maurer zu besänftigen. Jedoch sein eisiger Blick traf sie wie ein Schlag ins Gesicht.

Er zerrte die zarte Helga über den Hof und sperrte sie in den Gerätekeller.

„Du bleibst so lange hier sitzen, bis dich deine Eltern abholen. Und das wird am späten Nachmittag sein. Elsa wird dir deinen Schulranzen bringen. Es ist verboten das Schulgelände der Jungen zu betreten. Ich habe es dennoch gewagt. Ich gelobe Besserung und werde mich in Zukunft von der Knabenschule fernhalten, diese Sätze schreibst du hundertmal ab und legst sie deinen Eltern zur Unterschrift vor", sagte der Lehrer und blickte Helga durchdringend in die tränennassen Augen.

Helga weinte bittere Tränen, doch der attraktive Lehrer ließ sich nicht erweichen. Er verließ den Keller, und Minuten später schon erschien Elsa mit Helgas Ranzen. „So ein gemeiner Schönling. Ich muss mich beeilen. Wenn ich zu lange wegbleibe, werde ich auch noch bestraft", sagte sie.

„Dass ich bei meinem kleinen Bruder war, ließ der gemeine Kerl nicht gelten", rief Helga der Schulfreundin hinterher und fügte noch hinzu: „Den mag ich nicht mehr leiden!"

Am nächsten Tag wurde das Loch in der Hecke mit Stacheldraht geschlossen.

Warum getrennte Schulgebäude?

Aus moralischen Gründen. Die Sittenstrenge wurde großgeschrieben.

Außerdem hatten die Jungen einen größeren Lehrstoff zu bewältigen.

Die Mädchen hatten weniger Fächer, als die Jungen. Sie mussten nicht alles wissen. Sie sollten Mütter werden, und ihre Aufgabe bestand darin Hausfrau zu sein. Lesen, schreiben, rechnen und Handarbeiten waren Fächer für die Mädchen. Zudem war die Trennung der WCs ein sehr wichtiger Faktor in der Erziehung der Kinder.

Jungen- und Mädchentoiletten auf einem Grundstück, das wäre damals undenkbar gewesen.

Die kleine Gerda, ein verspieltes Mädchen von sechs Jahren, betrat zum ersten Mal das Schulgebäude. Sie war von ihren Eltern mit Liebe erzogen worden, aber nicht mit Schlägen. Was eine Ausnahme darstellte, denn die meisten Eltern schlugen zu, wenn ihre Kinder, in welcher Situation auch immer, nicht parierten.

Wie gesagt, die kleine Gerda hatte zu Hause heimlich ihre Puppe in ihren Ranzen versteckt.

Während der ersten Unterrichtsstunde griff Gerda in den Ranzen, holte die Puppe hervor, setzte sie vor sich auf das Schreibpult und sprach zu der Puppe: „Schau, liebe Mimi, in diesem Zimmer musst du nun ganz fleißig lernen."

Gerdas Klassenlehrer, erklärte den Schulanfängern, dass heute der Ernst des Lebens begonnen hatte, und dass die Schule die „Schmiede des Lebens" sei. Er unterbrach sich und heftete seinen Blick auf die kleine Gerda. Ganz langsam durchschritt er den Raum und blieb neben Gerda stehen. „Was ist das?" fragte er auf die Puppe weisend.

„Meine Mimi", antwortete die Kleine.

„So, so, deine Mimi", entgegnete der Erzieher.

„Ja, Herr, Lehrer. Mimi muss auch lesen und schreiben lernen", gab ihm Gerda ganz unbefangen eine Antwort.

Diese Unbefangenheit und diese Furchtlosigkeit gegenüber einem Erzieher, erzürnte den Lehrer derart, dass er die Puppe ergriff, das Fenster öffnete und sie hinauswarf.

„Wer es wagen sollte, nicht schultaugliche Gegenstände mitzubringen, der fliegt von der Schule! Das Schulgebäude ist keine Puppenstube. Merkt euch das!"

Und als die kleine Gerda weinte, da schnauzte er sie an: „Sofort hörst du damit auf. Wenn du weiterhin mit deinem Flennen den Unterricht störst, muss ich dich nach Hause schicken!"

Gerda riss sich zusammen. Ihre Eltern hätten mit ihr geschimpft, wenn sie das mit der Puppe erfahren hätten. Der erste Schultag sollte für die kleine Gerda unvergessen bleiben. Selbst auf die zarten Mädchenseelen wurde zur damaligen Zeit ohne Gnade herum getrampelt.

Der Lehrplan musste erfüllt werden, und die Angst körperlich gezüchtigt zu werden, beflügelte noch den Lerneifer der Kinder.

Der korpulente, Halbglatzkopf, der Jochen Brink hieß, unterrichtete die vierte Mädchenklasse. Er ließ schon mal ein leises Schwatzen zu, das jedoch nicht in Lautstärke ausarten durfte. An diesem Morgen stutzte er, blieb verdutzt in der Tür stehen und schaute verblüfft auf einen Gegenstand, der hier fehl am Platze war.

Die Mädchen standen auf und riefen wie jeden Morgen: „Guten Morgen, Herr Lehrer Brink!"

Statt den Gruß zu erwidern, fragte Lehrer Brink: „Was ist das?"

„Ein Kinderwagen, Herr Lehrer", antwortete ein Mädchen, das Linda hieß.

„Wie kommt der hierher?" staunte der Lehrer.

„Den habe ich mitgebracht, Herr Lehrer", gab Linda stehend Auskunft.

„In unserem Schulgebäude?" stöhnte Erzieher Brink und strich sich mit der rechten Hand über die glänzende Stirn. Bevor er sich jedoch auf sei-

nen Stuhl fallen ließ, suchte er Halt am Lehrerpult. „Schnell weg damit", deutete er mit der
Hand auf den Kinderwagen.

„Aber ich muss doch auf mein kleines Brüder-
chen aufpassen, Herr Lehrer. Meine Eltern wurden zu meiner Oma gerufen, die ganz plötzlich
umgefallen ist", sagte Linda und senkte traurig
den Blick.

Lehrer Jochen Brink stand wieder auf und warf
einen kurzen Blick in den Kinderwagen. „Linda
Effers, du hast heute schulfrei. Entferne dich mit
dem Kind, so unauffällig, wie möglich. Aber
rasch", entschied der Erzieher, öffnete die Tür
und schaute um die Ecken. Der Flur war men-
schenleer und Linda hatte freie Fahrt.

Auch solche Lehrkräfte waren in manchen Schu-
len anzutreffen.

„Unser schöner Adonis, Hans Maurer, wird von
Tag zu Tag gemeiner", sagte die dreizehnjährige
Flora zu ihren Schulfreundinnen, als sie sich auf
dem Heimweg befanden. „Nur weil mein Bleistift
heruntergefallen war, muss ich zur Strafe, mor-
genfrüh, im ganzen Haus die stumpfen Bleistifte
einsammeln und sie anspitzen."

„Die Suppe werden wir ihm versalzen", äußerte
sich Lydia, die älteste Schülerin im Mädchen-

schulgebäude. „Hört zu: Heute nach Mittag müssen alle Mädchen aus unserer Schule aufgesucht werden. Sagt ihnen, dass sie ihre Bleistifte anspitzen sollen, um eine Gemeinheit zu verhindern. Dann wissen sie schon Bescheid. Aber diejenige, die mit einem stumpfen Bleistift erscheint, kann sich auf etwas gefasst machen", drohte sie mit der Hand, als ob sie Schläge austeilen wollte.

Von der ersten bis zur achten Klasse waren sich alle Kinder einig. Sie hatten ihre Bleistifte angespitzt. Sogar im Schulranzen herrschte Ordnung wie noch nie.

Lehrer Hans Maurer musste sich geschlagen geben und hatte nichts auszusetzen.

„Aber dennoch werden wir dem Pauker eins auswischen", bestimmte Lydia, und überlegte fieberhaft, wie man ihn an seiner empfindlichsten Stelle treffen konnte.

„Der Maurer verabscheut doch Tiere", meldete sich ein Mädchen.

„Das ist mir auch schon aufgefallen", bestätigte Flora. „Als ihm neulich auf dem Sportplatz eine Katze über den Weg lief, zuckte er zusammen und zitterte wie Espenlaub."

„Dann sollten wir uns schnellstens etwas einfallen lassen", wurde einstimmig beschlossen.

Wer von den Mädchen, ein paar Tage später, dem Adonis das Fürchten beigebracht hatte, ist nie geklärt worden. Wie jeden Morgen standen die Mädchen auf, und riefen: „Guten Morgen, Herr Lehrer Maurer!"

„Setzen!" befahl er und nahm hinter seinem Lehrerpult Platz. „Hefte raus! Wir schreiben ein Diktat!"

„Miau, miau", erklang es, und die Kinder hielten den Atem an.

Erzieher Maurer sprang vom Stuhl auf. „Was war das!" schrie er.

„Wahrscheinlich eine Katze, Herr Lehrer", rief die ganze Klasse.

„Wo ist das Tier", stammelte er.

„Unter Ihrem Pult steht eine Tasche, Herr Lehrer. Statt Ihrer Schultasche haben Sie sicherlich eine andere Tasche mitgebracht", sagte ein Mädchen aus der ersten Reihe.

Lehrer Hans Maurer schaute nach unten, vernahm ein klägliches Miauen, holte tief Luft und brüllte: „Sofort schafft ihr mir die Bestie vom Leib!" Im Laufschritt verließ er das Klassenzimmer und hielt sich die Ohren zu. Das schadenfrohe Lachen der Kinder hätte ihn beinahe zu Boden geworfen.

„Schnell die Tasche zum Fenster raus", entschied Lydia. „Ich nehme sie in Empfang und halte mich danach in der Toilette auf."

Eine viertel Stunde später, die Mädchen saßen auf ihren Plätzen und unterhielten sich, ging die Tür auf, und Direktor Möller betrat den Raum. „Guten Morgen, Herr Direktor!" riefen die Schülerinnen und standen stramm.

„Ich will nicht wissen wo die „Bestie" ist, die unseren Herrn Maurer so durcheinander gebracht hat, dass er mich um Urlaub bat. Aber ich warne euch. Noch so ein Streich und der Rohrstock trifft immer die Richtige. Lehrer Jochen Brink wird euch unterrichten", sagte der Direktor und verließ das Zimmer. Sein wissendes Lächeln durfte er den Kindern nicht zeigen, denn für die Lehrer war die Erziehung der Kinder eine ernst zu nehmende Aufgabe.

# Weihnachten in Ostpreußen

„Lasst mich rein! Die Nacht ist bitterkalt! Ich komme aus dem finstern Wald! Bring euch milde Gaben! Sollt euch dran erlaben!" forderte eine tiefe Männerstimme die Familie Lehmann auf, die Haustür auf zu machen.

Und sofort zuckten sieben Kinder zusammen. Die Kleinen verkrochen sich hinter die großen Geschwister.

Jedes Jahr am Heiligen Abend empfingen sie zitternd den Weihnachtsmann.

Damals, vor mehr als siebzig Jahren, glaubten die Kinder noch an den Weihnachtsmann, der allwissend war und der alles das aufzählte, was sie im Laufe des Jahres so ausgefressen hatten.

Als Frau Lehmann die Haustür öffnete, strömte eiskalte Luft ins Haus.

Der heilige Mann trat sich stampfend den Schnee von den klobigen Stiefeln, schüttelte den Pulverschnee von seiner Kleidung und schob sich schwerfällig ins Haus.

„Vor der Bescherung werden wir zuerst ein paar Weihnachtslieder singen", bestimmte die Mutter. Sie sangen Stille Nacht, heilige Nacht und Oh du Fröhliche, oh du Selige.

Der Weihnachtsmann sang kräftig mit. Anschließend forderte er die vier Mädchen auf, einzeln vorzutreten und ein Gedicht vorzutragen.

Nachdem die Mädchen ihr Gedicht aufgesagt hatten, verzog er zufrieden lächelnd seine Lippen, lobte sie und überreichte ihnen die Geschenke.

„Wo sind die bösen Buben?!" trat er, mit einer Rute in der rechten Hand, auf die drei Jungen zu.

Damit hatte er dem siebenjährigen Helmut so einen Schrecken eingejagt, dass dieser nur stammeln konnte: „Weihnachtsmanne, iche iche".

Weil seine Geschwister das so witzig fanden und sich kaputtlachten, hätte er wütend werden können. Helmut musste seine Wut jedoch bezähmen, sonst hätte der Weihnachtsmann mit der Rute, die er „Haumichblau", nannte, nachgeholfen. Aber seine Angst konnte er dennoch nicht verbergen.

„Hast du kein Gedicht gelernt!?" fragte der Weihnachtsmann.

In seinem roten Pelzmantel, der seinen Körper vom Kopf bis zu den Füßen einhüllte, konnte er einem Kind schon das Fürchten beibringen. Seinen Kopf bedeckte eine rote Bommelmütze. Seine Hände steckten in Pelzhandschuhen. Hinter seinem langen weißen Bart verbarg er sein Gesicht. Seine Augen funkelten im hellen Kerzenschein. Auf dem Rücken, in der linken Hand, trug er einen mit Geschenken gefüllten Sack. In der rechten Hand hielt er die aus Weidenstöcken geflochtene Rute, „Haumichblau" die schmerzhafte blaue Striemen hinterlassen konnte. Je nachdem, wie hart er zuschlug. Zumeist waren es nur sanfte Schläge.

Vater Lehmann, der als erster die Rute zu spüren bekam, lief lachend aus dem Wohnzimmer.

Und der Weihnachtsmann rief ihm hinterher: „Weil du deine Nase viel zu tief und viel zu oft in die Biergläser gesteckt hast und betrunken nach Hause gekommen bist, bestraft der Weihnachtsmann deine Sünden sofort!"

Dann wandte er sich erneut Helmut zu und berührte mit der Rute seine Schulter. „Wirst du nun gehorchen und dein Gedicht aufsagen!? Oder muss ich nachhelfen? Mein Gehilfe, „Haumichblau", ist immer bereit, harte Bengels weichzuklopfen!"

Helmut nickte mit dem Kopf, knetete seine kalten Hände und wischte sich die Tränen aus dem Gesicht

„Ich warte nicht mehr lange", wurde der Weihnachtsmann ungeduldig und hob seinen gefürchteten Gehilfen, „Haumichblau", der jedes störrische Kind zum Reden brachte. Helmut riss sich zusammen, schluckte die Tränen hinunter und

trug sein Gedicht vor. „Lieber guter Weihnachtsmann, schau mich nicht so böse an, steckte deine
Rute ein, ich will auch immer hübsch artig sein."

„Soweit ganz brav, mein Sohn", sagte der Weihnachtsmann. „Aber du hast deinen Eltern so
manchen Kummer bereitet. Du bist auf die Bäume
geklettert und hast deine Hosen zerrissen, mit
den Schuhen bist du im Schlamm stecken geblieben. Und deine Milchsuppe willst du auch nicht
jeden Abend essen. Du warst bockig und hast
Widerworte gegeben. Seinen Eltern widerspricht
man nicht. Kinder haben zu parieren. Und den
kleinen Mädchen die Haare langziehen, das ist
ganz böse. Und ein Musterschüler bist du ganz
und gar nicht. Du bist faul, nimmst die Schule
nicht ernst genug und du vergisst auch ständig
deine Hausaufgaben!"

Lautstark fuhr er Helmut an und drohend kam
sein "Haumichblau" dem Jungen immer näher.

„Lieber, lieber guter Weihnachtsmann, ich, ich
werde, ich verspreche, immer folgsam zu sein.
Ich, ich werde auch nicht mehr auf Bäume klet-
tern und und wenn ich in den Bach steige, dann
dann ziehe ich zuerst die Schuhe aus. Ich, ich
werde meinen Eltern stets gehorchen. Und mein,
mein Lehrer soll sich auch nicht mehr beklagen,
dass dass ich meine Hausaufgaben so oft, oft
vergesse", stotterte Helmut.

„Ich werde dich beim Wort nehmen. Ein Weihnachtsmann hört und sieht alles. Was garstige Buben so Tag für Tag treiben, das entgeht ihm nicht. Solltest du im nächsten Jahr nicht Gehorsam sein, dann wird mein „Haumichblau" auf deinem Rücken tanzen und dir die Flausen austreiben. Was dann auf dich zukommt, sollst du sofort zu spüren bekommen", wurde der Weihnachtsmann sehr ernst, legte den siebenjährigen Helmut übers Knie und versetzte ihm ein paar leichte Schläge auf den Hosenboden.

„Und nun bekommst du auch ein Geschenk", sagte er und strich ihm begütigend mit dem Handschuh über den Kopf.

„Danke, lieber guter Weihnachtsmann", bedankte sich Helmut für das Geschenk. Obwohl er schwer seufzte, leuchteten seine Augen, in Erwartung welche Geschenke er wohl bekommen würde.

In seinem Päckchen befanden sich außer einem Auto zum Aufziehen, eine kleine Lokmotive aus Holz und eine Tüte mit süßen Bonbons, die die Kinder nur zu Weihnachten bekamen. Auf Süßigkeiten mussten sie fast das ganze Jahr verzichten. Daher war es sicherlich verständlich, dass Helmut sofort in die Bonbontüte griff und die Leckerei auf seiner Zunge zergehen ließ. Mit dem Auto und der Lokomotive konnte Helmut Stunden lang spielen. So wie auch seine Geschwister. Die ebenfalls mit ihren Geschenken so beschäftigt waren, dass sie den Weihnachtsmann längst vergessen hatten. Der inzwischen mit seinem „Haumichblau" die Kinder in der Nachbarschaft „beglückte".

Selbst die Berührung mit der Rute, war nicht so schmerzhaft gewesen, dass sie eine nachhaltige Wirkung hinterlassen hätte. Nein, ganz und gar nicht, denn wenn die „bösen Buben" nicht jedes Jahr neue Streiche verübt hätten, wäre der Gehilfe „Haumichblau" sicherlich arbeitslos geworden.

Der sicherlich heute noch auf irgendeinem Dachboden von arbeitsreichen Weihnachtszeiten vor sich hinträumt.

MIX

Papier | Fördert
gute Waldnutzung

FSC® C083411

Zeitfracht Medien GmbH
Ferdinand-Jühlke-Straße 7
99095 Erfurt, Deutschland
produktsicherheit@kolibri360.de